W0022002

BRIGITTE SCHWAIGER

Lange Abwesenheit

PAUL ZSOLNAY VERLAG
WIEN · HAMBURG

Umschlag und Einband: Werner Sramek
Fotosatz: Bergler, Wien
Druck und Bindung: Wiener Verlag
Printed in Austria
ISBN 3-552-03213-4

CIP-Kurztitelaufnahme der Deutschen Bibliothek
Schwaiger, Brigitte:
Lange Abwesenheit / Brigitte Schwaiger. – Wien,
Hamburg: Zsolnay, 1980.
ISBN 3-552-03213-4

Die Stirne meines Vaters, ein Eisfeld, auf dem eine winzige Figur läuft. Das bin ich und laufe und laufe, aber der Kopf dreht sich. So komme ich nicht voran.

Es ist schon dunkel. Vielleicht ist das Tor geschlossen. Dann werde ich über die Mauer klettern. Ich will zu meinem Vater, jetzt. Auch wenn geschlossen ist. Aber das Tor läßt sich leicht öffnen. So finster ist es, daß andere Kinder sich fürchten würden, um diese Zeit durch die Grabreihen zu gehen. Schau, Vater, herauf oder herunter, da bin ich. Ich möchte dir etwas sagen. Mein Auto steht draußen an der Friedhofsmauer. Ich habe es nicht versperrt. So eilig hatte ich es, zu dir zu kommen. Blödsinn, sagt er, du hast doch sicher Geld im Auto, Geld ist Geld! Ich möchte aber nicht schon wieder über Geld mit dir reden. Was haben sie dir denn da hergemeißelt? Ist dir die Schrift recht? Weißt du, wie lange ich als Kind in deiner Ordination saß, nachmittags, wenn du Krankenbesuche machtest, und die Privatrezeptblöcke betrachtete? Ich empfand für alles, was mit deinem Namen bedruckt war, ehrfürchtige Liebe. Ein Vater, der so wichtig war, daß man seinen Namen druckte. Doktor der gesamten Heilkunde. Ich war stolz auf dich. Du warst so wichtig, daß man dich nur selten sehen konnte. Wurdest ständig gebraucht von deinen Kranken. Wenn du heimkamst, warst du müde. Mutter schickte uns in unsere Zimmer. Der Vater hat genug Gesichter gesehen den ganzen Tag! Er braucht Ruhe.

Birer lebt. Drei Jahre, sagtest du, als ich dir vor fünf oder sechs Jahren von seiner Krankheit erzählte.

Als ich Birer kennenlernte, hoffte ich, er würde dich überleben. Birer war für mich da, wenn ich Fragen hatte. Wann hättest du dir Zeit genommen, mit mir zu reden? Als ich begriff, daß du sterben würdest, nahm ich es dir übel, daß du einfach fortgingst, ohne jemals für mich vorhanden gewesen zu sein.

Mach ein bißchen auf. Sag etwas. Sag etwas mit deiner Stimme. Sag vielleicht: Oh, du bist hier? Das freut mich aber, daß du gekommen bist! Sag etwas in dem liebevollen Ton, den du für mich hattest, wenn du in Gegenwart eines Patienten in deiner Ordination mit mir telefoniertest. Wenn die Patienten dich hören konnten und sehen konnten, warst du ganz anders zu allen deinen Töchtern. Sag etwas. Laß mich nicht so dastehen.

Wenn es etwas gibt, schweb heran! Leg deine Hände auf meine Hüften, wie ich das nie haben wollte, wenn du nichts anderes kannst. Ein Friedhofsmörder könnte mich erwürgen und zerstückeln. Diese Gefahr gehe ich für dich ein. Siehst du, was für Macht du hast? Und wie überlegen du mir jetzt schon wieder bist. Aber ich glaube nicht, daß du dich hast aufnehmen lassen in die große Gemeinschaft der Heiligen. Du sitzt irgendwo allein und verfluchst Mutter, weil sie dir nicht die Wärmflasche bringt. Du willst nicht zusammen mit den gewöhnlichen Toten rund um den Herrgott sitzen. Wenn es einen Herrgott gibt, sagtest du einmal, dann soll er die Krankheiten abschaffen! Der Herrgott sollte dir lieber eine Wärmflasche geben, Kamillentee und Schafwollsocken. Und eine Zeitung. Aber hab Geduld, wir kommen ja nach. Großmutter ist schon recht alt. Und wir sind auch sterblich. Dann bringen wir dir Zigaretten und lassen uns wieder von dir erzählen, wie du geritten bist am norwegischen Eismeer, was für dicke Lachse du gefischt hast, und wir bewundern dich. Und wenn Mutter und die Schwestern schlafen gegangen sind, bleibe ich in der Küche sitzen und frage dich, ob du dich erinnerst an das weiße Kleid, wie ich im weißen Kleid zu dir gekommen bin, wie du das sagtest von der kleinen Geliebten, wie eine kleine Geliebte, wie eine heimliche

Geliebte, und du antwortest: Ja, ja. Dann gehst auch du schlafen, und ich sitze allein in der Küche, trinke den Bierrest aus deinem Glas, werfe deine Zigarettenstummel weg, schaue nach, von wem die Ansichtskarten sind, die an der Holzleiste hinter deinem Eßplatz stecken. Patienten, die auf ihren Urlaubsreisen an dich dachten, Sportfliegerfreunde, Kriegskameraden, lauter Menschen, die einen besseren Weg zu dir wußten als ich. Meine Briefe hast du nie beantwortet. Wer war ich denn. Nur eine von den vier Töchtern, die dir das Leben vergällten. Gute Nacht, sage ich. Gute Nacht, sagst du in dem Ton, der zugleich ein lautes Seufzen ist, ein Vorwurf von dir an dich selbst, uns gezeugt zu haben. Du tatest mir oft leid, wenn ich uns so anschaute. Aber auch wir hatten uns dich und Mutter nicht ausgesucht. Ich hasse mich selbst, wie ich jetzt kerzengerade stehe vor einem Fleck Erde, unter dem du wahrscheinlich kerzengerade liegst. Jeder an seinem vorläufigen Platz. Ein rechter Winkel zwischen dir und mir. Ich bin gekommen, um Andacht zu halten. Aber du sagst nichts, und ich spüre nur mein Lebendigsein. Papa, lieber. Wir haben ein Papier bedrucken lassen mit deinem Namen und deinem Bild. Sympathisch bist du da, blickst ernst und pflichtbewußt. Der gute Arzt. Ich trage dich in meiner Handtasche herum. So ein Vater, den man auseinanderfalten und herzeigen kann. Ich bin enttäuscht, wenn ich dich herzeige und die Leute, die dich nicht gekannt haben, schweigen. Ich möchte, daß sie dich bewundern, wie du es verdienst. Ich möchte, daß die, die dich gekannt und verehrt haben, dich hassen, wie du es verdienst. Ich möchte weinen können um dich. Wenn ich dich hergezeigt habe, falte ich dich zusammen und stecke dich wieder ein. Es hilft mir niemand, dich zu betrauern. Soll ich das Mutter ausrichten, wegen der Wärmflasche? Wenn sonst noch etwas ist, schreib es auf, leg den Zettel heraus, wir holen ihn dann jeden Tag.

Herrgott! Ich bin tot und habe eine Tochter, die ihr Maul nicht halten kann!

Mutter möchte das Schlafzimmer grün ausmalen lassen und die Möbel umstellen. Die Bilder im Vorhaus hat sie anders hingehängt. Bernhard will die Schuhe und den Matrosenanzug nicht tragen. Er wehrt sich heftig, wenn Mutter ihm zu erklären versucht, daß es gute Schuhe und ein teurer Anzug sind. Aber die gehören doch nur für das Begräbnis, sagt Bernhard.

Denkst du oft an deinen Opa, fragte ich ihn bei meinem letzten Besuch. Immer muß ich an den Opa denken, sagte Bernhard. Warum können Kinder nicht auch tot sein?

Er schläft in deinem Bett und sagt: Ich bin jetzt der Opa.

Als Mutter verärgert die Weckuhr schüttelte, die nicht funktionierte, und sich beklagte über das kaputte Zeug, wies Bernhard sie zurecht:

Das ist kein Zeug! Das hat mein Opa gekauft!

Er hält seine Kleider in Ordnung, wie er es von dir gelernt hat.

Es ist ein Unterschied, wenn man gefragt wird nach dem Vater, ob man sagt: Mein Vater ist, oder: Mein Vater war. Ich sage gern: Mein Vater war. Andere Sätze gibt es noch, die ich gern ausspreche. Sie beginnen alle mit: Seit dem Tod meines Vaters.

Das Warten auf dein Sterben, wie wenn man im Theater sitzt und der Vorhang sich nicht hebt. Und wenn er stirbt. Und wenn er tot ist. Ob ich da etwas fühlen würde, fragte ich mich. Würde ich da weinen können? Oder die ganze Angelegenheit auf andere Weise hinter mich bringen? Die Selbstmörderin, die einen Brief hinterläßt: Legt mich nicht ins Familiengrab. Und wenn er stirbt. Und wenn er tot ist.

Wieder weg von deinem Bett, ins Auto, auf die Autobahn. Im Radio wurde in den Nachrichten durchgegeben, daß der Papst an Herzversagen gestorben ist. Gut, daß du das nicht mehr erfahren konntest. Es hätte dich geärgert, daß der es um so vieles leichter hatte. Es ärgerte dich ja auch, daß unser jüdischer Bundeskanzler gerade zu der Zeit, als du im Spital liegen mußtest, seinen Sommerurlaub auf der Insel, die du geliebt hattest, verbrachte. In den Bergen, wo du Rosmarin pflücktest und vorhattest, dir fürs Alter ein Haus zu kaufen. Jeden Morgen, wenn die Krankenschwester das Frühstück gebracht hatte, das du nicht mehr essen konntest, sagtest du zu Mutter: Und der Bundeskanzler ißt jetzt zwei Eier, ein Butterbrot mit Marmelade und trinkt Kaffee!

Der schwarze Christus hängt dürr von unserer marmornen Wand. Unser Familiengrab, das schönste vom ganzen Friedhof. Über deinem Namen der

Name des Großvaters. Auf sein Begräbnis freute ich mich schon, als er noch lebte. Da trug er den vollen Wasserkrug vom Kinderzimmer, in dem ich Klavier übte, in sein Schlafzimmer. Während er am Waschbecken stand, in Filzschuhen, groß und schweigsam, versuchte ich besonders schön zu spielen, ein Stück, das ich schon beherrschte. Aber er sagte nichts. Ganz vorne werde ich gehen, dachte ich, wenn er an mir vorbei mit dem Krug in sein Schlafzimmer verschwand.

Meine Eltern, diese ... Wie sagtest du im Sterbebett? Meine Eltern, diese ... Haben mich ins Haus zurückgelockt, und ich habe diese ... Wie drücktest du es aus? Ganz betreten schaute Mutter drein, als du dich im Bett aufsetztest und das sagtest.

Was hast du deine Eltern genannt, kurz vor deinem Tod? Wie hast du den toten Großvater verflucht und die lebende Großmutter, die schon um dich trauerte, ihren Gescheitesten, Erstgeborenen, Tüchtigsten? Meine Eltern, die könnte ich heute noch erwürgen dafür, daß sie mich in ihr Haus zurückgelockt haben. Ja, so sagtest du. Und gar nicht feierlich, wie wir den Großvater begruben. Auf diesem Friedhof, genau hier, wo ich jetzt stehe, drehtest du deinen Hut in den Händen. Die Zeremonie dauerte dir zu lange. Beim Leichenschmaus machtest du einen Witz über Großmutters Unart, mit vollem Mund zu sprechen.

Homo homini lupus, sagtest du oft. Man sollte keine Kinder haben, riefst du einmal, nach einem Streit. Das war an mich gerichtet.

Die stillen Stunden nach dem Mittagessen, wenn du dich ins Schlafzimmer zurückgezogen hattest. Mutter huschte auf Zehenspitzen. Flügel wuchsen ihr, wenn sie deinen Schlaf bewachte. Geh leise, du weckst Papa! Du bist rücksichtslos! Das war ein Wort, mit dem sie zuschlug, auf das man keine Antwort wußte, weil man die Bedeutung nicht verstand. Rücksichtslos, das war etwas sehr Schlechtes. Es hagelte immer wieder dieses Wort, weil ich vergaß, daß du im Bett lagst, wenn ich die Stiegen heraufkam, von der Straße ins Haus, harmlos, und oben sprang Mutter mir entgegen mit wutverzerrtem

Gesicht. So fremd und schrecklich war ihr Gesicht, daß ich es gleich vergessen mußte, und am nächsten Tag zur gleichen Zeit hatte ich es wieder vor mir. Rücksichtslos! Da kann man sich nur ducken und davonschleichen, weil man ein Kind ist, das schon schlecht auf die Welt gekommen ist. Ein Kind, das auf der Straße im Regenschlamm spielt, mit Kindern, die kein Umgang sind. Ein häßliches Kind, dem die Vorderzähne nicht wachsen, das man nicht fotografiert, wenn die kleinen Schwestern fotografiert werden. Du, geh weg, stör uns nicht, sei nicht lästig, tu den Schwestern nicht weh, laß sie schlafen, gib ihnen von deiner Schokolade, sei nicht so gierig. Mach deine Schulaufgaben woanders!

Ein Kind war ich, das sich auf den Balkon stellte und in die Hose machte, um zu fühlen, wie das ist, was sein wird, stehenbleiben in der warmen Lacke, bis Mutter kommt und sich wundert. So, wie sie sich wunderte, wenn ich ihr den Suppenlöffel in den Mund schob: Bitte, leck ihn ab, bevor ich damit esse.

Leichenschmaus. Was für ein grobes Wort. Als würde man den Toten verzehren. Was für eine barbarische Sitte, sagte Mutter, gleich nach einer Beerdigung ins Wirtshaus zu gehen und sich vollzufressen. Das wird es in unserer Familie niemals geben, sagte sie.

Aber dann saßen wir doch im Wirtshaus. Wir hatten ein großes Buffet bestellt. Das konnten wir von der Erbschaftssteuer absetzen. Zuerst wurde nur Mineralwasser getrunken. Dann fing der erste Verwandte mit dem Rauchen an, und man ging über zu Wein. Als Bernhard mit vollem Teller vom Buffet kam, da stand auch der erste Erwachsene auf und langte tüchtig zu, und dann wurde nicht mehr über den Toten gesprochen. Man lobte die feine

Zubereitung der Speisen, und die Gesichter wandten sich der Kamera des Onkels zu, der uns fotografierte und später die Bilder verschickte mit beigelegter Rechnung. Sehr gute Bilder haben wir, endlich einmal solche, auf denen alle Verwandten gleichzeitig zu sehen sind.

Blödes Luder nanntest du sie. Nichts hat der Trampel gelernt. Den Tisch richtig decken, das ist das einzige, was ihr zu deiner Zufriedenheit gelang. Ein Vater muß ein Tischtuch haben. Die Kinder haben ihre Teller auf dem nackten Tisch stehen. Sonntags wird das Tuch auseinandergebreitet für alle. Gabel links vom Teller, Messer rechts, mit der Schneide nach innen. Das hat Mutter von dir gelernt, daß es unschicklich ist, ein Messer mit der Schneide nach außen zu legen. Der Suppenlöffel muß horizontal liegen. Salz und Pfeffer in Reichweite, nicht nur um nachzuwürzen. Auch zum Werfen, wenn du wütend bist. Damit du etwas gegen die Tür schleudern kannst wegen des Telefons, das zur Essenszeit läutet. Die lästigen Patienten, die nicht begreifen, daß der Doktor auch nur ein Mensch ist. Vor lauter Wut darüber, wie schlecht Mutter dich am Telefon verleugnet, springst du auf, reißt ihr den Hörer aus der Hand und bist wieder der gute, verständnisvolle Arzt, der sofort wegfährt und seine Pflicht erfüllt. Mit dem Besteck so umgehen, wie du es auf der Offiziersschule gelernt hast. Wir haben alles gelernt von dir und auch früh gelernt, andere Menschen wegen ihrer anderen Tischsitten zu verachten.

Wenn du deine Hauptmannsuniform aus dem Krieg daheim getragen hättest von Anfang an, dann wäre vielleicht vieles deutlicher gewesen.

Ein Vater, ein richtiger Vater, ist einer, den man nicht umarmen darf, den man nicht unterbrechen darf, wenn er spricht, dem man antworten muß, auch wenn er zum fünftenmal dasselbe fragt und es aussieht, als frage er zum fünftenmal, um sich zu vergewissern, ob die Töchter auch willig sind, stets zu antworten, ein Vater, der einem das Wort abschneiden darf.

Es ist so still im Haus, klagtest du manchmal.

Meine Träume werfen mich zurück nach Hause, ins Graue, Vermauerte. Ich träume, daß ich in meinem Auto flüchten will, aber es ist mir gestohlen worden. Auf einem hölzernen Fahrrad versuche ich zu entkommen, aber meine Füße rutschen immer wieder von den Holzpedalen. Touristen schlendern durch die Stadt, bewundern die Barockfassaden und fühlen sich wohl, weil sie nichts wissen.

Vater ist tot. Ich sage es mir vor und begreife es nicht. Sicher aber ist, daß er nicht daheim sein wird, wenn ich Mutter besuche. Daß ich keine Anstrengungen mehr unternehmen werde, auf ihn einen guten Eindruck zu machen. Daß er mir keine Fragen stellen wird, während er plant, was er meiner Antwort entgegenhalten wird. Daß er mir keine Fallen stellen wird.

Aber sein Sterben war die letzte Falle, in die ich hineingeriet und in der ich noch immer stecke. Weil mein Vater unsterblich ist.

Mutter liebt ihn jetzt sehr, bringt ihm jeden Tag Blumen, zündet die Kerzen an. Wenn sie allein auf den Friedhof geht, sucht sie die Straßenränder ab nach einem Zeichen. Die Blume, die sie dann findet, hat er für sie wachsen lassen. Sie weiß es. Wieder ein Glück, das nicht mit einer Enttäuschung bezahlt werden muß. Auch meine Schwestern gehen gern auf den Friedhof. Es tut so gut, wenn man ihm etwas Gutes tun kann, sagen sie. Man kann ihm jetzt Liebe geben, ohne sich der Gefahr einer Abweisung auszusetzen. Tote können einem nicht mehr vorschreiben, wie sie geliebt werden wollen.

Das friedliche Familienleben. Mit

dem Frieden, der darin besteht, daß die einen nicht sagen, wie hungrig sie sind, damit die anderen in Ruhe essen können.

Ich höre Vaters Stimme. Er ruft meinen Vornamen. Er will etwas von mir. Weit weg ist er, in einem anderen Zimmer. Und will etwas von mir, daher lebe ich. Er schimpft mit mir, daher gibt es mich. Er geht vorbei an mir, ohne etwas zu sagen. Überflüssig bin ich. Mich sollte es nicht geben.

Kehlig war seine Stimme manchmal, erschreckend tief aus der Gurgel kam sein Lachen. Der Vater, der so lachen konnte, war ein anderer Mann, von dem wir nichts wußten. Klar konnte er sprechen, mit scharfen Formulierungen. Es gab Formulierungen, die Mutter in ihren Sprachschatz aufnahm. Aber es fiel so lächerlich aus, wenn Mutter sich bemühte, wie Vater zu sprechen. Ein zackiger Vater, witzig, flink, geschickt. Goldene Hände hat er, sagten die Patienten. Charmant war er, elegant im weißen Kittel. Ihm konnte man vertrauen. Mit ihm kann man so gut über alles sprechen, mit allen Problemen kann man zu ihm kommen, sagten die Patienten, unser Doktor ist so gescheit, er versteht alles und hilft, wo er kann.

Ich wünschte mir Krankheiten, um von ihm berührt zu werden. Seine Hände. Ein Schuhband wurde von ihnen geheiligt, wenn er uns zeigte, wie man Schischuhe schnürt.

Ich sehne mich nach dem Leben. Wenn ich mich aus dem Fenster beuge, sehe ich in den Hof. Heute vormittag ging ich wegen eines Geräuschs, das ich gehört hatte, zum Fenster. Ein kleiner Bub, den ich noch nie im Hof bemerkt hatte, fuhr auf einem Dreirad. Er ist mutig, dachte ich, er übt das Leben. Seine Eltern sind mutig, daß sie ihn allein das Leben üben lassen. Er wird am Gitterzaun, der den Hof teilt, anstoßen, dachte ich. Aber der Bub stieß nicht an.

Vorsichtig lenkte er.

Das Pflaster unten ist gelb, die Hausmauern sind grau. In einigen Fenstern stehen Blumenkisten. Niemand außer mir schaute dem Buben zu. Ich dachte, daß ich jetzt auf keinen Fall hinunterspringen durfte. Das Kind würde erschrecken. Niemanden darf ich mit so etwas erschrecken. Niemandem den Anblick meiner Leiche zumuten. Deshalb frage ich mich, wie es möglich wäre, tot zu sein, ohne den Menschen, die sagen, ich sei ihnen wichtig, Schrecken einzujagen.

Geht es dir gut, fragt Mutter am Telefon und lacht verlegen: Wir haben schon so lange nichts von dir gehört! Ich mache mir Sorgen um dich, sagt sie und lacht verlegen. Weil du so viel allein bist. Und lacht verlegen.

Mutter, wo ist Vater. Vater hat keine Zeit mehr. Vater ist drüben auf dem Schiff, im Zeitmeer.

Wenn die Sätze sich ineinander verhaken, schlafe ich ein. Falle tief hinab ins Kinderzimmer. Das will ich jetzt einrichten. Ich habe meine Möbel mitgebracht. Die Schwestern wohnen darin, sie gehen nie mehr fort, das Haus wird ihnen gehören. Und da liegt der Vater. Ich muß ihn zum Trocknen aufhängen, vor dem Haustor. Gegenüber ist wieder das Wirtshaus. Die Gäste schauen herüber und sehen, wie ich meinen Vater mit Wäscheklammern an der Wäscheleine befestige.

Darüber will ich mit keinem Menschen sprechen. Manchmal wundert es mich, daß *es* nicht herausfliegt aus meinem Mund, wie ein Virus, und die anderen ansteckt. Mich vor die Straßenbahn werfen oder hinaufgehen in den vierten Stock und mich in den Hof fallen lassen. Oder mich mit einer Rasierklinge ins Handgelenk schneiden. Oder mich selbst an einer Wäscheleine befestigen. Ich will leben, sagt mein Körper, schneide den Kopf ab, der mich umbringen möchte.

Manchmal ist mir, als trüge ich anstelle des Kopfes ein Blechgeschirr mit zwei Henkeln, in das jeder seinen Dreck hineinschütten kann.

Ich war noch ein Kind, als jener Brief meines nach Kanada ausgewanderten Onkels vorgelesen wurde. Der Onkel beklagte sich über seinen dortigen Arbeitgeber, beschrieb auch sein Aussehen, und am Schluß der Beschreibung stand: Er ist Jude.

Das habe ich mir sofort gedacht, sagte Vater. Mutter nickte.

Was heißt das, Jude, fragte ich. Weil das doch beinah zweitausend Jahre her ist, daß es die Römer und die Pharisäer gegeben hat, Herodes und die Juden, und Moses und die Ägypter. Gibt es noch Juden, fragte ich. Vater lachte und sah Mutter an. Mutter schmunzelte. Dann wurde mir erklärt, daß es überall und immer Juden geben wird, was für Namen sie haben, woran man sie erkennt, Sonnenschein, sagte Vater, so heißt der Jude, bei dem dein Onkel arbeitet und ausgenützt wird, verstehst du, sie verhalten sich so, daß sie immer wieder vertrieben werden und sich woanders einnisten, bis man sie wieder vertreibt, weil sie keiner haben will.

Gibt es auch bei uns Juden, hier, in

der Stadt, fragte ich. Vater und Mutter schauten einander an. Mutter wollte etwas sagen, Vater winkte ab.

Was wäre gewesen, wenn Hitler den Krieg gewonnen hätte, fragte ich Vater, als ich schon Birers Geliebte war.

Entsetzlich, sagte Vater, für die ganze Welt ein unermeßliches Unglück. Dieser Verbrecher!

Wie er das Wort aussprach, so voller Anklage und Wut, wie er es wiederholte: dieser Verbrecher! Dieser Verbrecher! So oft sagte er es, daß ich den Verdacht hatte, es müsse etwas ganz Besonderes geben, was mein Vater diesem Hitler vorzuwerfen hatte, etwas Entsetzliches, das auch Vater betraf, nämlich, daß Hitler es fertiggebracht hatte, ihn, den gutgläubigen Studenten, in etwas verstrickt zu haben, wovon er erst zu spät erfuhr.

Und die Juden. Naja. Natürlich ein unglaubliches Verbrechen. Eines, das niemals zu sühnen ist. Aber die Juden. Augenzwinkern. Das kann doch kein

Zufall sein, daß die Juden nirgends beliebt sind, nicht einmal bei ihren Verwandten, das sieht man ja, daß sie nicht einmal dort, wo sie jetzt ihren Staat haben, geduldet werden.

Vater schiebt sich die Brille auf die Nasenspitze, schaut mich über den Rand der Brille an, lächelnd, mit einer seltsamen Freundlichkeit. Wir sind ja in Wirklichkeit Juden, sagt er, mit einer Stimme, die etwas ausdrücken soll, etwas zugleich Bedeutungsvolles und Komisches, eine veränderte Stimme ist das, so wie Vaters ganzes Gesicht und seine Körperhaltung verändert sind. Wir sind Juden, stimmt's, fragt er Mutter. Mutter bittet ihn, mit diesem Unsinn aufzuhören. Und weil mich das neugierig macht, höre ich mit den Fragen über Vaters Spiel nicht auf, bis Mutter erklärt, daß ihr Vater wahrscheinlich Jude gewesen sei, man wisse es nicht genau, und es habe auch keine Bedeutung, der Vater sei schon lange tot, und nicht einmal er habe gewußt, ob er Jude sei. Das sind so Geschichten, sagt sie, mit denen dein Vater mich manchmal quälen oder amüsieren will, ich weiß nicht, warum er das so gern tut. Manchmal glaube ich, er wäre selbst gern Jude, weil es Juden gibt, die er bewundert. Weil Juden gescheiter sind als Nichtjuden, und Vater wäre gern Jude oder Aristokrat, jedenfalls nichts Gewöhnliches.

Wenn ich das Telefon abhebe und Birers Stimme höre, wird mir schlecht. Und er kann nichts dafür. Oder doch? Er weiß nicht, was er mir angetan hat. Und ich habe es mir doch nur selbst angetan. Er war selbstsüchtig. Als Jude auf seinen Vorteil bedacht? Kein Samariter, nicht von der Heilsarmee. Das hat er von Anfang an gesagt.

Seit er mich freigegeben hat, bringt er mir noch die Zuckerstücke, die er sammelt, weil er Kaffee ohne Zucker trinkt und wir einmal im Kaffeehaus saßen, da nahm ich das Zuckerstück, das auf seinem Tablett lag, um es zu essen. Wir waren über eine Fernsehsendung verschiedener Meinung. Weil Birer nicht nachgab, legte ich das Zuckerstück zurück aufs Tablett. Er fand das komisch, und seither denkt er an mich, wenn er Kaffee trinkt. Die Zuckerstükke in seiner Sammlung werden immer mehr, und wenn es schon zu viele sind, steckt er sie in ein Plastiksäckchen und bringt sie mit, wenn er mich besucht. Wann darf ich dir den Zucker bringen, das ist zu einer Chiffre geworden für die Frage: Wann darf ich dich besuchen?

Er tut, als wäre der Zucker der Grund seines Kommenmüssens, Nachschauenmüssens. Wie es mir geht. Obwohl ich nie sagen kann, wie. Er umarmt mich väterlich und preßt sich nicht mehr an mich, wenn wir einander begrüßen.

Birer war ein gescheiter Mann. So wie Vater, wenn nicht gescheiter.

Aber als wir einander in seinem Haus am Tisch gegenübersaßen, fragte er, wie ich es ersehnt und befürchtet hatte, ob ich das Gespräch mit ihm nicht im Bett fortsetzen wollte. Geiler alter Jud, dachte ich. Und: Vielleicht ist er jung, im Bett.

Sein Gesicht kam näher, unsere Brillen klirrten zusammen, als er mich küßte. Der Kuß war gut. Ja, dachte ich, er wird jung sein. Er wird mein Geliebter, mit ihm werde ich mich behaupten gegen Vater.

Als ich die Holztreppe hinaufging, ging er langsam hinter mir.

Er hat alles vorbereitet. Es ist alles geplant und vorgesehen. Ich betrete sein Schlafzimmer, obwohl ich schon nicht mehr will. Ein Bett steht an der Wand. Hier will er mich demütigen.

Der alte Mann. Der holt sich jetzt einen jungen Körper in sein altes Bett. Er hat mich hinters Licht geführt. Er will nur das. Er ist Jude. Juden soll man nicht trauen. Warum habe ich meinem

Vater nicht geglaubt? Juden halten zusammen und benützen uns. Der alte Jud verachtet mich, weil ich mit ihm ins Bett gehe. Eine junge Jüdin müßte das nicht tun. Mit ihr würde er väterlich umgehen. Aber ich bin keine Jüdin. Ich habe vieles, was Vater über Juden sagte, nachgesagt. Der Alte bestraft mich jetzt dafür.

Gib mir von deiner Wärme, bittet er.

Später begleitet er mich in das Zimmer, das für mich vorgesehen ist. Ich glaube, er küßt mich auf die Stirn. Ich sehe ihn zur Tür hinausgehen. Er scheint traurig zu sein.

Das Frühstück steht auf dem Tisch. Ich muß es nur einnehmen. Draußen scheint die Sonne. Birer sitzt auf dem Balkon. Gleich wird er hereinkommen und mich wieder bestrafen.

Er kommt herein, er hat das Gesicht vom gestrigen Abend. Trägt wieder die Brille und tut, als wäre nichts gewesen. Ich sitze da, im hellblauen Trugkleid, die Füße in den lächerlichen weißen Plastikstiefeln. Meine lächerlichen, billigen, blondgefärbten Haare. Mein trügerisches Mädchengesicht.

Ich kann ihn anschauen, und er wird meinem Blick nichts anmerken. Ich kann sogar mit ihm sprechen. Kann auch so tun, als wäre nichts.

Er sagt, er wird mich jetzt zur Bahn bringen, damit ich den Vormittagszug erreiche. Er will mich loswerden, natürlich. Er hat mich ja gehabt. Jetzt will er seine Ruhe. Es geschieht mir ganz recht.

Der Vormittagszug ist noch nicht da. Wir müssen warten. Wir sitzen an einem Tisch im Garten des Bahnhofsrestaurants. Frauen gehen vorbei. Die Sonne scheint Birer aufs Gesicht. Auf diesen Kopf, von dem ich nicht weiß, was er noch alles gegen mich plant. Die Sonne scheint in sein betrübtes Gesicht, in sein Lächeln. Ich weiß aber nicht, ob er lächelt. Ich glaube, er merkt mir die Verwirrtheit an. Aber er fragt nichts. Als die Frauen vorbeigegangen sind, sagt er, er könne häßliche Menschen nicht leiden. Du Ungeheuer, denke ich, wenn du wüßtest, wie häßlich du mir bist. Ich glaube, ich sage nichts. Und ich könnte doch sagen, daß ich es nicht mag, wenn die Häßlichkeit mancher Menschen erwähnt wird. Daß es keinen Sinn hat, über die Häßlichkeit eines Gesichts zu sprechen. Daß es nur verletzend ist. Daß keiner etwas kann für oder gegen seine Häßlichkeit. Daß man im stillen froh sein soll, nicht häßlich zu sein. Jeder ist für sein Gesicht verantwortlich, sagt Birer, als hätte er meine Gedanken erraten. Oder ich habe etwas gesagt. Ich weiß es nicht. Ich möchte wissen, ob er weiß, was er getan hat. Und er kann mir die Hand küssen, als ich in den Zug steige, er kann winken, aber ich weiß jetzt alles.

Danke, sagt er. Und geht zu seinem Auto. Juden gehen wirklich leicht gebückt, ich sehe es.

Beim ersten Wiedersehen zitterten mir die Hände. Er kam mir noch älter und kleiner vor. Er ging gebückt. Drohend. Auf mich zu. Wenn er meine Hände ergriffe und hielte, dachte ich, dann würde das Zittern aufhören.

Aber er berührte mich nicht. Erzählte von seiner Arbeit, von den zwei Frauen, die in seinem Leben wichtig gewesen waren, von den Städten, in denen er gelebt hatte.

Ich arbeite viel, sagte er, es gibt nur ein wirkliches Leben, und das ist die Arbeit.

Lauf weg, bevor er kommt, dachte ich, als ich wieder in einem Kaffeehaus auf ihn wartete. Ich hatte ihm Zeichnungen geschickt, alle Zeichnungen, die meinem Vater nur ein Achselzukken entlockt hatten. Mir wurde schlecht bei der Vorstellung, daß ich durchs Fenster Birers weißes Haar sehen würde, das zerzaust war, der selbstsüchtige

Riese, aus dem Winterschlaf erwacht, geweckt von einem jungen Mädchen. Seinen Kopf und den ganzen Mann, der langsam über die Straße kommt, aufs Kaffeehaus zu, immer näher, durch die Glastür, auf mich zu.

Wie geht es Ihnen?

Er duzte und siezte mich nach Laune.

Peter Birer. Er wollte nicht mit seinem Vornamen angesprochen werden. Peter, versuchte ich, du, Peter. Ich bin Birer, antwortete er.

Mir ist schlecht, sagte ich.

Bist du schwanger, fragte er. Einfältige Männer. Phantasielose Männer. Er weiß nichts, dachte ich. Er begreift nicht, daß ich soeben gesagt habe: Tun Sie mir nichts. Das sollte ich sagen, ja. Tun Sie mir nichts, sonst muß ich mich übergeben. Entschuldige, aber da ist viel Dreck in mir. Der verstopft mir den Atem. Du kannst nichts dafür. Aber tu mir nichts.

Liebes Mädchen, hatte er nach der ersten Nacht geschrieben, Dein Brief war um so vieles zärtlicher als Du unzärtlich warst. Es war ein wichtiger Brief, der heute von Dir kam, und er wäre es nicht geworden, wenn ich nicht gewartet hätte, bis Du selbst schreibst. Daß das erste Wort von Dir kommt. Es wäre ja möglich gewesen, daß es für Dich etwas Tiefergreifendes, vielleicht sogar Schockierendes bedeutet haben könnte, zum erstenmal als Frau mit mir zusammengewesen zu sein. Ich wollte Dein erstes Wort spontan haben. Das war nicht anders zu machen, als daß ich Dich warten ließ. Wenn ich als erster geschrieben hätte, hättest Du auf meinen Brief geantwortet, aber nicht auf unsere Nacht. Du schreibst, daß Du Dich als etwas Neues empfindest und neugierig geworden seist. Solange man neugierig ist, lebt man. Du wirst schon bemerkt haben, daß ich nicht gerne tot bin. Liebes Mädchen, dieser Brief soll nur der Mitteilung dienen, daß Du ein liebes Mädchen bist.

Mir war, als läge ich auf dem Grund eines Beckens, in dem ich schwimmen sollte.

Ekelt es dich vor mir, fragte er. Nein, sagte ich schnell und lachte. An meinem Lachen schien ihn nichts zu irritieren. Auf seinem Hemd lag Zigarrenasche. Er merkte das nicht und merkte auch alles übrige nicht. Er hörte mich nicht über seine Operationsnarbe nachdenken, als wir nebeneinander lagen. Daß man Juden operiert, dachte ich. Daß man sich die Mühe macht! Und wenn mein Vater mich sehen würde im Bett des Juden. Und wenn Birer wüßte, daß wir uns im Gymnasium Stempel mit Hakenkreuzen auf die Unterarme drückten. Auschwitz bedeutete, daß die Juden dort ausschwitzen mußten. Juden erkennt man an den langen Ohren und am schleimigen Lächeln.

Er schaute mich voller Güte an.

Er will mir zeigen, daß er mir vergibt. Das ist das Heimtückischste und Gemeinste an ihm. Er will, daß ich mich schuldig fühle. Aber was kann ich denn für die Gedanken, die von Vater sind? Ich habe meinem Vater immer geglaubt. Hitler, das war trotz allem ein guter Name. Ein Mann, der höher stand als Vater. Ich würde doch niemals einen Juden ermorden. Oder doch. Jetzt. Sie alle ermorden, damit es endlich keinen mehr gibt, der an die toten Juden erinnert. Mit den Juden, die überlebt haben, geht es mir wie mit den Spinnen, die mir Angst einjagen, weil es immer dieselbe Spinne zu sein scheint, die ich erschlage, die Rächerspinne.

Ich muß lernen, seinen gütigen Blick zu ertragen, wenn ich schweigend vor ihm sitze und froh bin, wenigstens nicht rot zu werden. Aber ich habe immer den Verdacht, daß er alles weiß und mir zeigen will, daß er zum Verzeihen bereit ist. Also bin ich schuldig.

Viel später, wenn er zum erstenmal mit dem Zuckersäckchen kommt, wird er mich fragen, ob es jemals eine Bedeutung für mich gehabt habe, daß er Jude sei. Und es wird gut sein, daß mein Zimmer im Halbdunkel liegt, weil ich jetzt wirklich erröte beim Lügen:

Nein, vielleicht nur das eine, nämlich, ich dachte, du heiratest mich nicht, weil ich deine Schickse bin, und wenn ich jüdisch wäre, würdest du mich heiraten.

O mein Kind, wird er sagen, o Gott, wie furchtbar. Das hast du geglaubt?

Und ich werde ihm mißtrauen, weil ich dieses Pathos nicht erwartet habe, weil er tut, als überrasche ihn das, und er müßte das doch gewußt haben.

Ich werde nie den Mut haben, ihm zu sagen, warum ich mich wirklich mit ihm eingelassen habe.

Auserwähltes Volk, das muß so verstanden werden, sagte er, daß Gott am Volk der Juden zeigt, ob er mit der Menschheit zufrieden ist oder ob er ihr zürnt. Wenn Gott sein Wohlgefallen ausdrücken will, läßt er es den Juden gutergehen. Wenn er die Menschheit strafen will, straft er die Juden.

Wieder etwas, was man gegen die Juden kehren kann, denn sie haben da etwas Praktisches erfunden: Macht, daß es uns Juden gutgeht, dann genießt ihr Gottes Wohlwollen.

Er sagt, daß man ihn vom Fernsehapparat wegtragen habe müssen, als der Eichmann-Prozeß gezeigt wurde, so sehr habe ihn das Verhör aufgewühlt. Und du, quäle dich nicht damit, und merke dir, du bist für deine Eltern nicht verantwortlich.

Jetzt spricht der Nazi aus dir, sagte er einmal.

Ich rufe Birer an, um die Stimme zu hören, die mich einwiegt. Aber dann rede und rede ich, und wenn ich aufgelegt habe, weiß ich nicht mehr, was er gesagt hat. Ich würde gern ein zweites Mal anrufen.

Hast Du Dich verändert, schreibt er, ist es nicht vielmehr so, daß jetzt aus all Deinen mißtrauischen, auf Rückendekkung bedachten, eingeigelten Trotzhaltungen Dein wahres Wesen hervortritt? Du sagst, Du seist froh über Gedanken, die Du früher nie gehabt hättest. Ich bitte Dich: Laß Dich gehen. Es paßt Dir herrlich gut. Und ich bitte Dich, mich bei allem, wozu ich Dir Anstoß bin, nicht zu überschätzen. Ich kann nichts aus Dir hervorholen, was nicht in Dir drin wäre. Wenn Du Dich öffnest, wenn Du Dich lockerst, wenn Du, ich sagte es schon, Dich gehenläßt, habe ich alles getan, wozu ich Dir tauge. Paß gut auf, Mädchen, ich bin keine Erfüllung und keine Antwort auf Deine Lebensfragen.

Dieser Birer ist sicher vermögend, oder hat er keine Wiedergutmachung bekommen, fragt Vater.

Ich weiß es nicht, sage ich und hasse Vater dafür, daß mir die passende Antwort erst einfiel, als er längst mit etwas anderem beschäftigt war.

Ja, Birer hat eine Wiedergutmachung bekommen. Sie haben ihm die Eltern und Geschwister und alle Freunde wieder lebendig gemacht, du kennst doch den Witz vom Wiedergutmachungsapparat, in den man oben ein Stück Seife hineinsteckt, und unten kommt ein kleiner Jud heraus. Genauso haben sie es gemacht! Auch die Ledergürtel und Ledertaschen haben sie hineingesteckt. Dann kamen unten die kleinen Jüdinnen heraus.

Ist er ein anständiger Mensch?

Ja, er ist anständig.

Er holt mich in sein Bett, er schickt mich fort, sagt, sein Leben ist eingeteilt, er hat nicht mit mir gerechnet, er weiß nicht, was Gott mit ihm vorhat, indem er mich ihm schickte als seine letzte Geliebte. Er weiß nicht, wie alt er ist, weil er keine Kinder hat, und ob ich das nicht absurd finde, ihn, den alternden Mann, und mich.

Wenn er meine vielen Fragen abwehrt, möchte ich die Kruste seiner Jahre zerschlagen und den weichen, verwundbaren Birer in die Arme nehmen.

Wo war er denn im Krieg?

In der Schweiz, Vater, ich gebe es zu, er ist rechtzeitig geflüchtet, schlau, wie er war, als Jude, feige, wie er war, wie alle Juden damals, und jetzt ist er wieder da, so wie alle anderen auch, weil sie sich sauwohl fühlen bei uns, wie du das ausdrückst, weil sie keinen Stolz haben. Und das Haus, in dem er wohnt, gehört einem Juden. Du hast wirklich recht, Vater, sie halten wirklich zusammen. Sein Haus ist nur gemietet, die Miete ist sehr niedrig.

Ich will nicht deine Tochter sein! Von Birer will ich es wissen, alles, was es zu den Juden zu sagen gibt, von ihm, nicht von dir! Ich möchte meinen Kopf retten, Nazidrecksau! Dieses Wort habe ich von Birer gelernt. Er sagt es mindestens so oft wie du Saujud sagst.

Es rührt mich, daß Sie sich damit beschäftigen wollen, aber Sie dürfen über diesen schrecklichen Tatsachen nicht die Freude am Leben verlieren. Sie sollen sich damit auseinandersetzen, aber Sie müssen daran denken, daß Sie selbst wichtig sind, daß Ihr Leben wichtig ist, und Sie dürfen angesichts der Tatsachen nicht aufhören, die jungen Dinge Ihres jungen Lebens für wichtig zu halten, ermahnte mich Birer.

Nimm mich auf in dein Leben, dachte ich, ich will diesen Weg nicht allein gehen, ich habe Angst.

Er hebt die Hände beschwichtigend, wenn ich aus dem Zug steige und auf ihn zulaufe. Als müsse er meine Geschwindigkeit bremsen und meine Freude, weil in allem, was jung ist an mir, für ihn die Gefahr des Sichschämenmüssens steckt. Wenn ich ihn erreicht habe und seine Hand genommen und meine Wange in sie gepreßt habe, spüre ich, wie die Entfernung zwischen uns wächst. Wie kann ich eine Brücke schlagen über die vielen Jahre, die er schon gelebt hat, bevor ich geboren war? Warum spürt er selbst nicht, daß ich von dem, was uns trennt, weiß. Es würde vielleicht genügen, wenn er es spürte, und dann würde uns nichts mehr trennen.

Wenn er nicht sofort nach dem Abendessen seine Hände auf meine Brüste legte:

Komm, zieh das aus.

Ein Sonntag liegt vor uns, ein Nachmittag und ein Abend. Aufwachen unter einem Dach. Aber er zerstört meinen Traum, weil er mich wie einen

Gast behandelt. Mein Traum ist es, einmal bei ihm sein zu dürfen, ohne daß er meinetwegen seinen Tagesablauf ändert.

Ich möchte ihm so vieles erzählen, etwas, was mich berührt, eine Gewitterstimmung, ob er sie so empfindet wie ich, ihn danach fragen. Und ob er glücklich ist, so wie er lebt.

Er sagt, sein Glück bestehe darin, sich nicht mehr zu fragen, ob er glücklich sei.

Er hat nur das Zurückschauen in ein vergangenes Leben, denke ich, und was er sich von mir holt, das sind kleine Wiedergeburten von gehabtem Leben.

Warum wurden die Juden wirklich immer wieder vertrieben und verfolgt?

Weil wir Jesus getötet haben, sagt Birer schmunzelnd.

Judenlächeln, dachte ich, Judennase. Und der gütige, jüdische Blick jetzt wieder, weil er weiß, wie ich mich quäle, und er hat seine Freude daran. Er ist einer der wenigen, die überlebt haben, er hat sich geschworen, Rache zu nehmen, und ich bin ihm in die Arme gelaufen, einfältige Gojte.

Darf ich du sagen?

Er fing bald an.

Kommen Sie mich zum Wochenende besuchen?

Er plante schnell.

Nächstes Wochenende könnte ich mir Zeit nehmen für Sie.

Und mich demütigen.

Ja, sagte ich damals, ich werde kommen. Und ich dachte, daß die vielen Mädchen, die in Waggons gepfercht wurden, ja auch Angst gehabt hatten.

Seine verärgerte Stimme am Telefon, wenn ich anrief und mich nicht meldete. Hallo? Hallo!! Ich legte auf, wählte ein zweites Mal, hörte ihn atmen. Dann sagte ich meinen Namen. Bitte, tu das nicht, bat er.

Heirate mich, bettelte ich.

Begreife es endlich, ich bin nicht dein Leben, antwortete er.

Soll ich Jud sagen oder Jude? Jud ist ein Schimpfwort. Aber Birer sagt Jud, nicht Jude. Also sage ich Jud. Aber ich muß es üben, es fällt mir so schwer, mit der neuen Bedeutung. Die Judenwitze, die Birer erzählt, sind anders als die Judenwitze, die ich bisher gehört habe. Birer riecht gut. Er verdeckt seinen Judengeruch mit Rasierwasser. Sein Haus ist sauber. Es stimmt nicht, daß Juden dreckig wohnen. Aber Birers Bedienerin ist keine Jüdin. Eine Arierin läßt er seinen Dreck wegputzen. Ich möchte mir vor meinem Vater die Kleider ausziehen, mich nackt vor ihn hinstellen:

Schau mich an, ich bin eine Frau, ich bin nicht du! Was haben deine Gedanken in meinem Kopf verloren?

Liebst du mich?

Ich brauche dich.

Was brauchst du an mir?

Jetzt wirst du fürchten, von mir zu hören, daß ich dich im Bett brauche, sagte Birer. Aber ich brauche das Gebrauchtwerden von dir, deine Wärme, deine Jugend.

Du liebst mich also, weil ich jung bin?

Ich habe nicht gesagt, daß ich dich liebe.

Du liebst mich nicht?

Wenn es so wäre, ich würde es nicht aussprechen, sagte er.

Warum nicht?

Eines Tages wirst du es von selbst verstehen und mir dafür dankbar sein, daß ich es nicht ausgesprochen habe.

Ich liebe dich.

Du bist jung genug, das aussprechen zu dürfen, sagte er, aber ich bin zu alt, ich weiß zuviel, zum Beispiel weiß ich von der Verantwortung, die in diesen Worten liegt.

Vater sagte, die Juden verdrehen alles so, daß es gut für sie ausgeht. Das auserwählte Volk, nicht wahr, das haben sie erfunden.

Birers vorsichtige Frage bei unserer ersten Begegnung. Ja, meine Eltern waren Nazi, antwortete ich.

Ich möchte erzählen, aber ich muß mich kurz fassen, weil Birer schnell ungeduldig wird. Erzähl, sagt er. Ich will anfangen, da steht der Kellner vor uns. Birer bestellt. Erzähl, sagt er, als der Kellner fort ist. Ich denke nach, womit ich beginnen könnte. Erzähl schon, sagt er. Ich weiß nicht mehr, ob es etwas zu erzählen gibt. Wir können auch schweigen, wenn du das möchtest, sagt er. Mir ist eingefallen, was ich erzählen könnte. Jetzt iß deine Suppe, sagt Birer. Er beschwert sich darüber, daß der Kellner kein Gebäck gebracht hat. Ich möchte aufstehen und vom Nebentisch die Semmeln holen. Bleib sitzen, sagt Birer. Richtig. Ich erinnere mich. Wenn Birer wüßte, wie ähnlich er oft meinem Vater ist. Aber er fährt sich bei Tisch mit dem Kamm durchs Haar. Das würde mein Vater nicht tun.

Seit er es zum erstenmal ausgesprochen hat, wiederholt er es: Mein Kind. Mein Engel.

Seine Haut erkaltet schnell. Der Schweiß ist nicht frisch, obwohl er gerade jetzt aus den Poren kommt. Seine Haut ist schon so lange am Leben. Nichts an ihm ist frisch. Wenn es nur seine Stimme gäbe und die Haut und nicht seine Worte, die mich zurückweisen. Wenn seine ruckartigen Bewegungen nicht wären, die mich daran erinnern, wie alt er ist. Wenn er mir nicht immer Geschichten erzählte von Leuten, die längst gestorben sind. Von dir, bitte ich, sollst du erzählen. Aber ich erzähle doch von mir, sagt er, du mußt nur das richtige Zuhören lernen.

Ich habe es eilig, obwohl ich weiß, ich werde wieder zu früh im Kaffeehaus sein. Dort werden junge Leute sitzen, die mich auslachen würden, wenn sie Bescheid wüßten. Ich warte lieber draußen. Von hier aus kann ich ihn auch beobachten, wenn er kommt, was für ein Gesicht er macht. Ich weiß nicht, aus welcher Richtung er kommen wird und wohin er dann gehen wird. Er weiht mich nicht ein in seine geheimnisvollen Verabredungen. Wir sind nicht verheiratet und leben nicht unter einem Dach, wies er mich zurecht, als ich einmal einen Brief lesen wollte, der auf dem Tisch lag. Warum leben wir nicht unter einem Dach, fragte ich. Ich muß dich von mir stoßen, sagte er, wenn du nicht aufhörst, dir und mir solche Fragen zu stellen. Sehr schlau gesagt. Ich nahm mir vor, ihn nicht mehr zu sehen, seine Briefe ungeöffnet zurückzuschicken. Diese vielen lächerlichen, heuchlerischen

Briefe, mit denen er mich immer wieder einfängt. Aber er ist alt. Wie lange wird er noch leben. Ich darf mich ihm nicht entziehen, er braucht mich. Und verbirgt mich vor seinen Freunden.

Was suchst du hier, fragte er, als ich ihn überraschte mit meinem Besuch, das war nicht vereinbart, daß wir uns heute sehen! Ich wollte dir eine Freude machen, sagte ich. Damit hast du mir aber keine Freude gemacht, sagte er, ich habe zu tun, die Arbeit hängt wie ein Mühlstein an meinem Hals, ich möchte nicht, daß du ein zweiter Mühlstein wirst! Ich hatte plötzlich den Impuls, zu dir zu kommen, sagte ich. Das war ein Impuls, dem du nicht nachgeben durftest!

Auch Gelassenheit mußte ich lernen. Er war zu alt für meine Freudensprünge. Wenn ich neben ihm ging, hob er die Hand: Langsam, langsam. Und die Nachtstunden, in denen er gegen seinen Husten kämpfte. Ich will ihm von meiner Jugend geben, von der ich zuviel habe. Ihn streicheln, wenn es ihm nicht gutgeht, aber auch wissen, ob es richtig ist, ihn jetzt zu berühren. Vielleicht sollte ich mich anziehen und gehen, wenn es sich nicht mehr verbergen läßt, daß er alt ist. Oder etwas sagen, etwas, woran er erkennt, daß ich nicht zu jung bin. Aber unsere Zeit ist immer so kurz, und ich weiß nicht, wie ich sie nützen kann für die richtigen Worte.

Den Stiel der Nelke, die ich für ihn kaufe, breche ich ab. Es ist unmöglich, ihn eine so lange Blume zu schenken. Er schnuppert an der Blüte. Da tut es mir leid, die Nelke verstümmelt zu haben. Ich sage es. Er versteht nicht. Ich begreife, daß es dumm war, darüber zu sprechen.

Wenn in meinem Hirn ein Kabel steckte, das ich an sein Hirn anschließen könnte!

Eines Tages wirst du mich hassen, sagt er, weil du denken wirst, ich hätte dich mißbraucht.

Wenn er mich nicht mißbraucht, wie kommt er darauf, wie kann er denken, daß ich das denken werde? Natürlich mißbraucht er mich.

Laß mich dich noch festhalten, bittet er. Danke, daß du gekommen bist, danke, daß du jetzt gehst.

Im Traum steht ein Mann vor mir, der anstelle des rechten Arms einen Zirkel im Rockärmel hat. Der Zirkel ist dazu da, um die Zeit anzuzeigen für überall auf der Welt. Wir stehen auf der Mauer eines verfallenen Schlosses. Hier wird auch Gemüse verkauft. Die Frauen, die vor mir an der Reihe sind, schauen auf meinen rechten Arm. Der Ärmel meiner weißen Bluse ist am Handgelenk voller Blut aus einer Wunde, die ich nicht bemerkt habe. Ein schwarzhaariger Arzt sagt, er wird mir jetzt einen Verband anlegen. Aber da steht der blonde Mann mit dem Zirkel wieder vor mir, und ich bin glücklich, weil ich die Rettung und das Glück meines Lebens gefunden habe. Das Schloß ist aber die Halle eines Flughafens, und ich möchte vor dem Abflug ein Parfum kaufen. Der alte Mann, der im Duty Free Shop bedient, trödelt herum. Ich sage ihm, daß ich mein Flugzeug versäumen werde, wenn er mir das Parfum nicht sofort gibt. Aber er trödelt weiter und nennt mir auch nicht den Preis. Alle Fluggäste sind schon in den Bus gestiegen, der die Passagiere zum Flugzeug bringt. Aus einem bestimmten Grund kann dann aber nicht geflogen werden, und der Bus fährt auf die Straße vor dem Flugplatz, die sich mitten in Paris befindet. Plötzlich erklären die Fluggäste, daß jeder von ihnen ein anderes Flugziel hat. Ich weiß nicht, welche Stadt mein Ziel sein könnte. Die Fluggäste sind jetzt lauter junge Männer. Einer von ihnen möchte mir ein Ticket schenken, damit ich mit ihm fliege. Aber ich habe doch mein Auto, sage ich. Es macht mir Freude und zugleich Angst, daß ich jetzt die weite Strecke von Paris nach Hause fahren muß. Ich kaufe einen Stadtplan von Paris, um zur Autobahnausfahrt zu finden. Dann sitze ich in meinem Auto, aber am Lenkrad sitzt Birer. Er kaut an einem Stück alten Brotes. Hier habe ich frisches Brot, sage ich. Er sagt, das dürfe er nicht essen, da sei Schweinefett darin. Ich lege das Brot zurück aufs Papier, da beginnt es zu triefen. Das Fett fließt wie Öl in meinen Schoß. Hinter mir im Auto sitzt eine alte Frau. Sie ist stark geschminkt und trägt eine mahagonirote Perücke. Ich war Leiche in Auschwitz, sagt sie, als ob es sich um ihren Beruf handelte.

Birer schenkte mir eine Halskette, auf die bucklige Perlen gefädelt waren. Trag sie immer, bat er, und wenn du sie eines Tages nicht mehr trägst, werde ich verstanden haben, und du brauchst mir nichts zu erklären.

Kämpfe gibt es, ohne Verlierer und ohne Sieger, ohne Geschrei und ohne Publikum. Als ich Birer die buckligen Perlen auf den Tisch legte, log ich etwas von einem anderen Mann, der jünger war und doch älter als ich.

Wenn ich allein durch die Stadt ging, zuckte ich bei jedem gelben Mercedes zusammen.

Daß er mein wichtigster Mensch gewesen war, wußte er das? Und wie lange ist etwas wahr, wenn man aufhören muß, daran zu glauben?

Du kannst ins Bett gehen, mit wem du willst, hatte Birer gesagt, es kommt nur darauf an, daß du es bist, die auswählt. Laß dich nicht nehmen. Nimm! Erzieh dir deine Liebhaber! Also hat er mich ausgewählt, genommen, erzogen und abgerichtet.

Ein Jud, da hast du es. Würde Vater sagen. Was soll ich antworten. Nazi? Birer war nur ein Egoist, was willst du? Und ich? Darf ich dich ein Stück begleiten, fragte ich einmal, als wir aus dem Kaffeehaus gingen, bis zu deinem Auto? Ja, sagte Birer, aber frag es nicht in diesem Ton, als würdest du eine Gnade erbitten.

Darf ich dir heute den Zucker bringen, fragt er in einem Ton, als hätte ich eine Gnade zu vergeben. Ja, sage ich, ich bin zu Hause. Dann kommt er langsam, ganz langsam die Stiegen herauf, in der rechten Hand den Plastiksack mit den Zuckerstücken, in der linken das Taschentuch, das er aus der Rocktasche gezogen hat, um sich die Stirn zu trocknen.

Mein Kind, sagt er, wenn er mich umarmt, und ich denke, wenn Vater uns sehen könnte, jetzt, wie wir den Kampf hinter uns gebracht haben. Verlierer, Sieger beide.

Es war wie hinter einer Wand.

Manchmal durchbrach ich sie mit einem Gedanken. Dann sah ich durch das Loch aufs Bett. Da lag er, ein Gefangener. Mit gestreifter Jacke sah ich ihn, obwohl ich wußte, die Anstaltskleidung war weiß. Die vorläufig Mitgefangene las aus einem Buch vor. Beim Aussprechen ungewohnter Wörter verhaspelte sie sich. Vater wurde ungeduldig, Mutter fragte, ob sie aufhören sollte. Nein, nein, sagte er, lies nur weiter. Mutter bemühte sich, aber manche Wörter machten ihr Schwierigkeiten. Vater schien das zu überhören. Doch Mutter ärgerte sich über sich selbst. Schreiben war ihr immer leichter gefallen als sprechen. Wenn sie auch angefangene Briefe zerriß und ihre Tagebücher immer wieder vernichtete. Wenn sie Vater nun vorlas, wollte sie ihre Sache gut machen. Manchmal gelang es ihr beinah. Wenn sie sich so in die Geschichte vertiefte, daß sie vergaß, wem sie vorlas. Aber dann wurde ihr Tonfall pathetisch, und Vater haßte das. Er sagte, sie sollte aufhören. Sie dachte, er lehnte das Buch ab, dabei meinte er sie. Er sagte, er wollte jetzt schlafen. Weil er nicht einschlafen konnte, begann er ihr aus seinem Leben zu erzählen. Sie hörte geduldig zu, obwohl sie die Geschichten bis zum Überdruß kannte.

Ich verstand nicht, was Vater sagte. Das Loch wuchs zu, und ich saß wieder hinter der Wand.

Wir sind gewöhnliche Menschen. Der, zu dem wir emporgeschaut haben, obwohl er kleiner war als wir, der, der uns erhöht hat, weil er sehr hoch stand, ist ein Gewöhnlicher, weil er eine Krankheit in sich trägt, die gewöhnliche Menschen haben.

Er kann nichts mehr essen, sagt Mutter am Telefon, in seinen Magen geht nichts mehr hinein, es ist alles zugewachsen.

Ihr aufgeweichtes Gesicht. Tränen und Enttäuschungen. Ihr Haar ist dünn geworden. Falten an ihrem hochmütigen Mund, die ihn herunterziehen von seinem Hochmut.

Daß mein Vater stirbt, ist Gottes Gerechtigkeit, dachte ich.

Ich sah ihn seinen Finger durch die durchlöcherte Schuhsohle stecken. Er zeigte uns, halb im Spaß, halb im Ernst, wie sparsam er lebte.

Ich bin nicht betrunken, schrie er Mutter einmal am Abend an, auf der Stelle könnte ich hier eine Zangengeburt machen, schrie er, stürzte und nannte uns Huren.

Geht gerade! Hebt die Füße! Warum lackiert ihr euch die Fingernägel? Warum zupft ihr euch die Augenbrauen? Wie ein Maikäfer siehst du aus. Frauen, die mir gefallen, sagte Vater, tragen

Dirndlkleider und flache Schuhe. Schminken sich nicht und rauchen nicht.

Ich habe das Autofahren gelernt, obwohl mein Vater mir ins Lenkrad griff, wenn ich sein Auto lenkte. Paß auf, Trampel! Ich kann es und fahre in die Stadt, in der es ein Krankenhaus gibt, das ihn aufgenommen hat. Mutters Wärmflaschen und der Kamillentee helfen jetzt nicht mehr. Schlote und Schornsteine hat die Stadt, wie immer, aber es ist doch alles ganz anders, eben wegen dieses unglaublichen Krankenhauses, das es mit Vater aufnimmt. Unter einem der unzähligen Dächer ist ein Zimmer mit einem gewöhnlichen Krankenhausbett, in dem schon andere Leute gestorben sind, und jetzt ist er an der Reihe, und dann werden andere drankommen.

Oh, macht er.

Aufleuchten in einem Gesicht, das ich nur vergrämt in Erinnerung habe. Seine blauen Augen, die scharfgeschnittene Nase. Der Schnurrbart. Vater ist ein gutaussehender Mann. Vater kann man nicht beschreiben, er ist anders als alle anderen Männer.

Er trägt den Pyjama von daheim.

Mutter sagt, daß sie sich beide freuen über meinen Besuch. Sei still, denke ich, wer redet mit dir, was mischst du dich ein, warum nimmst du immer alles vorweg, was von meinem Vater zu mir kommen könnte? Mach dich nicht so wichtig! Ich bin seine Tochter. Dich hat er nur geheiratet.

Als ich die Tür schließe, ist auf Vaters Gesicht schon die Verdrossenheit.

Er hat sie von daheim mitgebracht wie das Waschzeug und den Pyjama.

Ohne diese Frau, die meine Mutter ist, wäre er nicht der geworden, der er ist, denke ich. Ich bilde mir ein, ich hätte ihn besser verstanden und besser zu lieben gewußt als Mutter. Ich hätte es nicht zugelassen, daß er mich und meine Töchter verkrüppelt.

Seine Zahnbürste steckt in einem Glas über dem Waschbecken. Neu gekauft. In feinen Hotels muß man guten Eindruck machen.

Daß er sich die Zähne putzt, überrascht mich. Wozu noch?

Daß du dir Zeit nimmst, mich zu besuchen, sagt Vater, das ist wirklich eine schöne Überraschung, das freut uns, nicht wahr, fragt er Mutter.

Sie sitzt, ihre abgearbeiteten Hausfrauenhände im Schoß, auf dem zweiten Bett, das leer ist, in dem sie später schlafen wird, wenn sie auch die Nächte an Vaters Seite verbringt. Ihre Füße baumeln über dem Linoleumboden.

Als ob es jetzt etwas Wichtigeres gäbe, womit ich meine Zeit verbringen könnte.

Ein Gebirge mit blauem Himmel hängt an der Wand. Kalenderfoto hinter Glas. Wie eine Bosheit hängt es da für den, der die Berge liebt und sie nicht mehr sehen wird.

Im Steireranzug fühlte er sich am wohlsten. Birer trug auch einen Steireranzug. Auch er liebt die österreichischen Berge.

Vaters Freunde klopfen an, kommen herein, setzen sich möglichst ungezwungen, erzählen, was es Neues gibt, und wir alle tun, als wäre Vaters Aufenthalt in diesem Zimmer nur eine kleine, vorübergehende Ortsveränderung. Das Wort, mit dem Vater das Todesurteil über seine Patienten verhängen konnte, wird nicht ausgesprochen. Ein Wort, das oft fiel, wenn Vater aus der Ordination zum Essen kam. Mutter ging auch sehr geübt mit diesem Wort um. Manchmal deutsch, manchmal lateinisch, manchmal in der lateinischen Abkürzung.

Es ärgert mich, daß Vater mit seinen Freunden so läppische Gespräche führt. Alles, was er in diesem Zimmer sagt, muß ja einmal zu seinen letzten Worten gerechnet werden. Warum bemüht er sich nicht?

Auf dem Nachttisch stapeln sich Bücher. Wahrscheinlich hat er auch seinen Reisepaß mitgebracht und einen guten Anzug. Die Nagelschere zum Schnurrbartstutzen und für die Härchen in der Nase liegt auf der Etagere über dem Waschbecken.

Ja, jetzt bin ich krank, sagt er, als die Freunde gegangen sind. Es klingt wie: So weit habt ihr es gebracht. Sie soll etwas essen, sagt er zu Mutter. Da liegt die halbe Semmel. Vater konnte sie nicht mehr zu sich nehmen. Mutter belegt sie mit dem Schinken, den Vater nicht mehr essen konnte.

Hier liegt so viel herum, sagt er, und ich muß verhungern!

Er schiebt die Decke weg und zeigt auf seine dürren Beine. Ausgezehrt, da, schaut her!

Ich esse gehorsam, dankbar. Wir spielen Vater, Mutter, Kind in einer neuen Dekoration. Iß noch mehr, sagt er, es ist noch so viel da. Das klingt, als wäre ihm leid ums Geld. Muß ja alles bezahlt werden, auch wenn es für den, der bezahlt, tödlich ausgeht. So genau, wie Vater immer gerechnet hat, rechne ich jetzt aus, daß ich Essensgeld spare, wenn ich Vater jeden Tag besuche.

Die vielen Bücher, die ich für ihn gekauft habe, packe ich gemeinsam mit Mutter aus.

Danke, danke, sagt er, oh!

Ich weiß nicht, ob ich ihm die Bücher nicht vielleicht bringe, um ihn angesichts der großen Zahl daran zu erinnern, daß seine Zeit wahrscheinlich nicht ausreichen wird, sie alle zu lesen.

Hinter den Vorhängen, die Mutter zugezogen hat, ist der Junisommer. Im Zimmer ist es kühl, aber Vater behauptet, ihm sei heiß. Er schiebt die Decke weg, und ich wende den Blick ab, weil ich seine mageren Arme und Beine nicht mehr sehen will. So viel Nacktheit bei einem, von dem man fast gar nichts weiß, ist unanständig.

Ich fingere schon nervös in der Handtasche, bevor ich Birer sehe. Er wird gleich kommen, und er verändert mich noch immer. Ich merke, daß dem jungen Mann, der mit mir am Tisch sitzt, meine Nervosität nicht entgeht. Wie soll ich sie ihm erklären? Er bewundert Birer und weiß nichts. Er ist mit mir gekommen, um diesen Birer einmal kennenzulernen.

Über dem weißen Hemd trägt Birer ein schwarzes Mäschchen. Wie sich die Bestien herausputzen, wenn sie unter Bestien gehen. Was für Umgangsformen sie haben, damit es kein Aufeinanderprallen und In-die-Quere-Kommen gibt. Seine Gewohnheit, beim Näherkommen zu lächeln.

Anders möchte ich sitzen, etwas anderes tun. Aber da strecke ich ihm schon die Hand hin. Ich hätte gern ein verschlossenes Gesicht. So ein Gesicht wie das des jungen Mannes, den ich Birer vorstelle. Er macht Pausen, bevor er eine Frage Birers beantwortet. So möchte ich auch sein. Aber ich antworte sofort auf Birers erste Frage, und er hat sich schon zu uns gesetzt, riecht gut, wie immer, ist alt, wie immer. Wenn der junge Mann etwas wüßte, würde er sich jetzt Birer und mich im Bett ausmalen.

Es wäre mutig, jetzt aufzustehen: Ich will raus! Aber ich sitze und denke nur, daß es mutig wäre. Artig lächle ich, wenn Birer etwas Amüsantes erzählt. Und möchte hinter sein Gesicht greifen, ihm die Erinnerungen herausreißen, gib mich frei, laß los, siehst du nicht, daß wir jung sind, daß wir hier nur aus Höflichkeit sitzen und deine Geschichten hören, behalte sie für dich, erzähl sie dir selbst, Tote gehören ins Grab!

Ich klopfe an der Tür. Ja, sagt eine herrische, ungehaltene Stimme. Sie klingt, als habe das Klopfen gestört.

Ach, du bist es, sagt Vater.

Er sitzt in seinem weinroten Pyjama im Bett, vor sich ein aufgeschlagenes Buch. Die Brille ist ihm auf die Nasenspitze gerutscht. Mutter ist nicht da. Essensreste stehen herum, aber Vater sagt nicht, daß ich essen soll. Ich lese gerade diese Reisebeschreibungen, sagt er. Glaubst du, daß wir das machen könnten, sagt er, eine Fahrt nach Südtirol und Oberitalien, wir beide, wenn ich wieder gesund bin?

Alles, was ich bin, habe ich draußen gelassen. Alles, was ich sagen könnte, verschweige ich.

Ich sehe, daß er sich das Haar geschnitten hat. Es ist praktischer so, sagt er und legt seine Hand auf den kahlen Kopf. Mit der Nagelschere, sagt er. Er hat sich die wenigen langen Haare, die er sonst quer über die Glatze kämmte, gestutzt.

Es ist praktischer, sagt er wieder, viel praktischer so.

Wenn ich gesund bin, werde ich weniger arbeiten, sagt er. Keine Kassen mehr, nur privat.

Nach Hause gekommen, habe ich Heimweh. Mein Zimmer gehört jetzt Bernhard. Ich muß im Wohnzimmer übernachten. Das Sofa, auf dem ich liege, ist neu. Antik, sagen die Schwestern. Die Möbel, die wir früher hatten, wurden billig verkauft. Sie haben dafür die Vergangenheit anderer Menschen in unser Haus geholt. Fremden kommt es bei uns vielleicht gemütlich vor. Den Betrug spürt man nur, wenn man mit den Mauern verwachsen ist.

Auf dem Dachboden habe ich meine

Schulhefte gesucht, die mit den allerersten Rechenaufgaben und Aufsätzen. Aber Vater ließ sie in den Hof werfen und verbrennen, zusammen mit dem anderen Gerümpel. Auch die Holzwürfel, mit denen ich Schlösser baute, in denen eine Prinzessin schlief, bis der Prinz sie wachküßte.

Ich suchte in Großmutters Zimmer. Aber sie haben auch hier die Heimat herausgerissen.

Trotzdem tut es gut, mit den Schwestern unter einem Dach zu sein. Ich betrinke mich mit lauwarmem Barack aus Vaters Getränkeschrank. In einem der Häuser auf der anderen Gassenseite spielt jemand Flöte. Immer wieder dieselbe Melodie, und immer wieder falsch. Ruhe, würde ich gern brüllen, mit dem Schnaps in der Hand. Aber ich machte als Kind ja selbst das Fenster auf, wenn ich am Klavier die verhaßten Tonleitern üben mußte. Zwei Tasten gaben keinen Ton. Vater ließ das Klavier nicht reparieren. Zuerst lern spielen, sagte er, dann bekommst du ein gutes. Der Klavierlehrer schickte Vater einen Klavierstimmer. Der hob den Deckel des Pianinos, schaute hinein und klappte ihn gleich wieder zu. Um nicht in die Klavierstunde gehen zu müssen, schnitt ich mich mit dem Brotmesser in den Zeigefinger. Als die Wunde geheilt war, mußte ich mir andere Behinderungen ausdenken. Obwohl es hin und wieder schön war, auf dem Bechstein-Flügel des Klavierlehrers zu spielen. Warum kauft dein Vater kein Klavier, fragte er. Weil man es nicht von der Steuer absetzen kann, sagte ich.

Als der Dachboden entrümpelt wurde, sagte Vater den Männern, sie sollten auch gleich das Pianino mitnehmen.

Ich erwache von dem Schmerz, der sich wieder in den Körper gefressen hat, heimtückisch, feige, ein Feind, der darauf wartet, daß man wehrlos schläft.

Der Teppich, das Sofa, die Fauteuils, die geklöppelte Tischdecke, die Mutter gefärbt hat mit Tee, die Ölbilder an den tapezierten Wänden, ein ganzer Dschungel, durch den die Augen sich durchkämpfen müssen. Immer wieder sprach Vater von der Möglichkeit, unser altes Haus zu verkaufen, und immer wieder folgte sein Einwand: Wir haben zuviel renoviert, zuviel Geld hineingesteckt, ein Verkauf würde Verlust bedeuten. Jeden Morgen, von fünf Uhr früh bis sieben, erzählte er Mutter von seinem verpfuschten Leben. Sie wußte, welche Klage als nächste folgen würde. Auf Tonband hätte sie seinen Monolog sprechen können, um ihm morgens zu sagen, er brauche nur den Knopf zu drücken.

Vier Schwestern, alle erwachsen, keine verheiratet, eine mit einem ledigen Kind. Vaters Lebensfreude, Bernhard. Vier Schwestern, eine Großmutter, eine Mutter, ein Mann und ein Kind, das den Familiennamen retten wird, hoffentlich, eines Tages.

Wenn ich betrunken bin, finde ich das nur komisch.

Ich will nicht, daß Vater sich jetzt als sterbender Vater gebärdet.

Es ist alles so unwirklich, sagen die Schwestern. Sie weinen, weil ich sie ermahnt habe, schon jetzt an alle Vorbereitungen für die Beerdigung zu denken. Von Vaters Freunden eine Liste aufstellen. Und so weiter. Großmutter kommt mit ihrem Porzellankrug in die Küche, um Wasser zu holen für die abendliche Wäsche. Hast du schwarze Kleider, frage ich sie. Ist jemand gestorben? Die Schwestern werfen mir vorwurfsvolle Blicke zu. Aber ich bin nicht aufzuhalten. Vater stirbt, sage ich.

Das Wasser in Großmutters Krug läuft über. Ich weiß nicht, warum es mich befriedigt, so grausam zu sein.

Die Blicke der Schwestern sind voller Haß gegen mich. Aber bei Tag liegen sie nackt auf dem Balkon, müssen braun werden wie jeden Sommer, vergleichen in diesem Sommer wie in jedem, welche von ihnen die braunste ist. Sie trinken Orangensaft und hören Musik. Fettglänzende Riesinnen, die sich vom Rücken auf den Bauch wälzen. Und ein kleiner Mann liegt in einem Zimmer bei heruntergelassenen Rolläden und hat Angst.

Ich kann nicht auf dem Balkon sitzen, nicht in der Sonne, nicht im Schatten. Ich ertrage es nicht, im Elternhaus zu sein. Ich muß ins Auto. Fahren. Immer fahren. Mich bewegen, um nicht bewegt zu werden.

Wieder ist er noch am Leben. Das Stehaufmännchen. Ob ich etwas für ihn tun kann, frage ich, ob er einen Wunsch hat. Nicht sterben müssen, sagt er; wenn ich schlafe, träume ich, daß ich über eine Wiese gehe und gesund bin. Dann wache ich auf, hier.

Ich hoffe nur, daß nichts dazwischenkommt, sagt er.

Was, frage ich, was könnte dazwischenkommen?

Daß es nicht ohne Würde sein wird, sagt er.

Würde, denke ich, warum nicht ein Schrei, an den ich mich erinnern könnte, später, einmal etwas haben von ihm, einmal etwas Menschliches.

Du wirst keine Schmerzen haben, sage ich.

Aber das weiß er als Arzt ja selbst, wie sie es machen werden mit ihm. Daß die Flaschen mit der farblosen Flüssigkeit immer häufiger gewechselt werden.

Ich zwänge meine Hand in seine Hände. Er hält sie nicht fest, aber schiebt sie auch nicht weg.

Es sollen keine Leute kommen und keine Musikanten, sagt er. Nur eine Musik gibt es, die ich mir wünschen würde. Aber das geht ja nicht bei uns.

Was für eine Musik wäre das, frage

ich neugierig. Ich habe noch nie mit meinem Vater über Musik gesprochen.

Der Midnightblues, sagt er.

Midnightblues. Nicht Mitternachtsblues.

Er sprach schlecht Englisch und legte immer Wert darauf, daß man ihn für einen hielt, der alle wichtigen Fremdsprachen beherrschte. That's correct, sagte er gern, mit falscher Betonung.

Auftragsempfängerin bin ich jetzt. Den Mitternachtsblues.

Immer gleich, sagt Mutter am Telefon, auf meine Frage, wie es Vater geht. Wenn Besuch kommt, klettert er aus dem Bett, um zu zeigen, daß er gesund ist. Er glaubt jetzt an seine Genesung, seit sie ihn künstlich ernähren. Er macht Zukunftspläne. Wenn er aus dem Spital kommt, möchte er nach China reisen.

Was hast du mit ihm gesprochen über Schmerzen, fragt sie, worüber habt ihr geredet? Vater behauptet, du hättest gesagt, er würde keine Schmerzen haben. Er wollte von mir wissen, wie du das gemeint haben könntest.

Ein Männchen haben sie aus ihm gemacht. Bescheiden sucht er den Weg durch den Gang zu den Toiletten, die auch von den anderen Kranken benützt werden. Davor darf er sich jetzt nicht grausen. Er ist ihm wichtig, seinen Arztkollegen zu beweisen, daß er Wasser lassen kann.

Vater und Mutter haben sich immer gemeinsam vor anderen Menschen geekelt. Verliehene Bücher verlangten sie nicht zurück.

In den Hausschuhen, die er von daheim mitgebracht hat, schlurft er, ist genügsam geworden, demütig, beschwert sich nicht. Mutter begleitet ihn durch den Gang, wartet und geht mit ihm zurück, mehrere Male am Tag, weil Vater es immer wieder versuchen muß, damit sie ihn nicht an einen Plastikschlauch hängen.

So, wie sie ganz langsam nebeneinander gehen, die Köpfe einander zugeneigt, ist es, als teilten sie ein Geheimnis. Sie sind jetzt Verbündete in der Fremde.

Sanft ist er geworden. Ich erkenne ihn kaum wieder. Ergeben wartet er auf den Schlaf. Wenn er die Augen aufmacht, fallen sie gleich wieder zu. Er sieht mich nicht. Aber wenn Mutter aus dem Zimmer geht, schlage ich die Bettdecke zurück, um seine Füße zu streicheln. Weiß und trocken liegen sie da. Wenn ich Mutter an der Tür höre, decke ich Vaters Füße wieder zu.

Die Schlußlichter der Autos bündeln sich zu einer langen Schnur. Ich treibe mit. Es wäre gut, wenn in jedem Auto nur ein Mensch säße. Aber meistens sehe ich die dunklen Umrisse von mehreren Köpfen. Eltern, die mit ihren Kindern unterwegs sind. Gräßlich. Und wie ich sie beneide.

In der Wohnung ist es kalt, mitten im Juli. Zebras im Fernsehen, wie sie eingefangen werden mit Lassos. Antilopen, wie sie verenden, Gazellen, die ausgesetzt werden und sich in der Freiheit nicht mehr zurechtfinden. Blutige Köpfe, im Transportkäfig wundgeschlagen. Einige sterben an Splittern im Blut, weil sie das Holz gefressen haben im Hunger nach Freiheit.

Söhne hat er sich gewünscht. Einmal

hatte ich einen Bruder, mit Fingern wie weiße Fädchen. Dunkelblaue Augen, aber er machte sie nicht auf. Mutter hatte ihn verloren. Fünf Monate war er alt, der dumme Bruder, der nicht leben konnte. Er hatte in der Mitte eine Schnur, die schwamm mit ihm im Reagenzglas. Als die Eltern verreisten, dachte ich: Hoffentlich vergißt das Kindermädchen den Bruder nicht! Ermahnen durfte ich sie nicht. Es war ja verboten, Vaters Schreibtischladen nach Geheimnissen zu durchforschen. Als die Eltern von ihrer Reise zurückkamen, mußten sie den Bruder wegwerfen, weil das Kindermädchen ihn nicht gegossen hatte.

Warten auf den Schlaf, mit der immer letzten Zigarette in der Hand. Etwas ins Tagebuch schreiben. Durchstreichen. Das Licht abdrehen. Mich zurechtlegen. An Birers Haus denken. Durchgehen durch alle Räume. Zigarrenrauch. In sein Schlafzimmer. Das hohe Bett. Das Königsbett. Mit der Königslampe, die weiches Licht gibt. Ich durfte ins Bett hinein, aber ich mußte auch wieder heraus. Seine weiße Bettwäsche. Die Bücher, die Bilder. Wie in einem Kloster, das Schlafzimmer des Königs, der in einem Kloster lebt.

Ich träume, ich bin ein Kleiderhaken. Alle Leute können ihre Kleider auf mich hängen.

Juli war es auch, voriges Jahr, als ich mit Vater verreiste. Im Hotel fühlte er sich schlecht untergebracht. Die Zimmer waren ohne Ausblick. Man sah nur in Lichthöfe. Den ganzen Tag und auch nachts hörten wir Schritte und Stimmen. Aber Vater hatte selbst das billige Hotel gewählt. Ich schlug ihm vor, in ein besseres zu ziehen, aber er winkte ab. Das sei ihm zu beschwerlich. Er saß auf dem Bettrand, schaukelte mit dem Oberkörper, vor und zurück, die Arme um seine angezogenen Knie geschlungen. Wenn wir zusammen aus dem Hotel gingen, wich er den Passanten aus, als hätte jemand ein Meuchelattentat auf ihn vor, dem er durch flinke Sprünge entgehen mußte. Er war immer kleiner als die anderen Leute. Seine Hose war zerknittert. Voller Haß, wie er sonst nur unter Eheleuten gedeiht, saßen wir uns im Restaurant gegenüber. Meer, Luft, Sonne, das zählte nicht mehr, wenn er aufzählte und vorrechnete aus seinem Leben, was etwas gekostet hatte, früher, jetzt, was dort billiger war als hier, was wir Töchter ihn gekostet hatten, was eine Entscheidung ihn gekostet hatte, wie viele Enttäuschungen, Summen der Niederlagen, lächerliche, vergangene, mit einer Handbewegung abzutuende Freuden. Er brauchte eine der Töchter für die Reise, um Demütigungen, die er beim Anblick größerer und besser gekleideter Touristen empfand, weiterleiten zu können. Von der Hitze erdrückt saßen wir in den Straßencafés. Daß Menschen hier fröhlich waren, verdroß ihn. Er beachtete sie nur, wenn sie ihm Anlaß gaben zu einer abfälligen Bemerkung über Schwitzen, Plumpheit und mangelnde Bildung. Da saß ich ihm dann gegenüber, schwitzend, plump und ungebildet. Ihm fiel immer wieder die Stelle unter meinen Achseln auf, wo der Schweiß einen dunklen Rand bildete. Und der blutunterlaufene Fleck an meinem Hals, den ich mir in der Nacht zugezogen hatte, auf der Flucht aus dem Hotel, vor ihm, zu einem Mann, den ich nicht kannte, der mich nicht verletzen konnte. Der Fleck war das wichtigste, was Vater Mutter später zu berichten hatte von der Reise. Sie war voller Flecken, sagte er, lauter Flecken haben sie ihr gemacht.

Ein einziges Mal sah ich ihn fröhlich, im vergangenen Juli. Wir waren unterwegs durch die Stadt zum Strand. Drei Hunde überholten uns auf dem Gehsteig. Alle drei waren gleich groß. Der eine rötlich, der andere grau, der dritte schwarz. Alle drei waren gleich mager, und sie liefen gleichmäßig nebeneinander her. Wenn der Gehsteig aufhörte, blieben sie stehen, warteten, bis die Straße frei war und liefen weiter. Schau, die Hunde, sagte Vater. Wir folgten ihnen, bis wir müde wurden. Die sind unterwegs zur Tierärztlichen Hochschule, scherzte Vater, dort vermachen sie ihre Kadaver, damit sie sich was zu fressen kaufen können.

Meine Schwestern sagen, sie können Vater nicht im Krankenhaus besuchen, es würde sie zu sehr aufregen. Sie überlegen, an wen wir Vaters Auto verkaufen sollten und wieviel wir dafür bekommen würden.

Als ich hinter der weißen Tür stehe, antwortet niemand auf mein Klopfen. Er schläft. Ich darf ihn nicht wecken. Vorsichtig öffne ich die Tür. Aber das Zimmer ist leer. Das Bett leer. Die Fenster offen, die Vorhänge zurückgezogen. Aber über dem Waschbecken steckt noch die Zahnbürste im Glas. Am Spiegel lehnt ein Stück Pappe mit Mutters Schrift:

Bin mit Papa ausgefahren.

Ich suche eine Frau, die einen Rollstuhl schiebt, in dem einer sitzt, der mein Vater ist. Dann taucht hinter einem Strauch Mutter auf. Ihr Körper ist merkwürdig verbogen. Sie spreizt das Gesäß heraus und schiebt einen Karren, in dem ein geknickter Mann kauert. Der Kopf wird ihm abbrechen, wenn ich nicht rechtzeitig hinkomme. Ich winke und laufe, aber sie sehen mich nicht. Ich werde stürzen, wenn ich dort bin, im Kies ausrutschen. Das blöde Mensch.

Wie das blöde Mensch schon wieder dasitzt mit offenem Mund. Hat sie Polypen? Wir müssen sie untersuchen lassen, ob sie Polypen hat. Wann ist das blöde Mensch gestern heimgekommen? Das blöde Mensch hat schon wieder ihre Brille kaputtgemacht.

Ein Kleid, sagt Vater, sie trägt ein Kleid!

Die Stimme haben sie ihm gebrochen, und er kann den Kopf nicht heben. Nur meine Stiefel hat er gesehen und den Saum des Kleids. Warum hat er das nie gesagt, daß er es mag, wenn ich ein Kleid trage? Warum sagt er das erst jetzt? Steig heraus, ich werde dich stützen, wir gehen durch den Park, du erklärst mir die Krankheiten der gewöhnlichen Leute, die hier auf den Bänken sitzen, und dann fahren wir weg.

Aber Mutter schiebt den Wagen mit Verbissenheit.

Ist das Schieben schwer, frage ich.

Laß sie probieren, sagt Vater. Sein Kopf hängt noch immer wie abgeknickt über der Brust. Laß sie probieren!

Er hat immer gewollt, daß ich alles lerne, was man können muß. Autofahren, reiten. Einen Rollwagen schieben. Er sitzt da drin, damit ich wieder etwas Neues lerne.

Ich möchte mit ihm aus dem Park, hinaus auf die Straße, zu meinem Auto. Aber Mutter behält ihre Hände auf der Stange. Sie lenkt zum Gebäude hin. Da muß er wieder hinein. Sie läßt ihm keinen anderen Weg. Und ich halte die Türen, damit sie überall ohne Anstoßen durchkommt. Sonst würde Vater fluchen. Oder einfach aufstehen und gesund sein, weil ihm die ganze Sache endgültig zu dumm wird. Aber das will ich auch nicht.

Ein guter Vater, der sich brav von Mutter aus dem Rollwagen helfen läßt. Nein, er kann es allein. Er stößt ihre Hand zurück. Vielleicht haßt er Mutter jetzt wieder, weil eine Tochter anwesend ist. Er klettert allein ins Bett, zieht sich die Decke bis ans Kinn. So allein, wie er immer alles gemacht hat, wenn er auf uns böse war. Selbstsüchtig, wie er immer war, will er schlafen.

Sein Gesicht verschwimmt mit dem Kissen zu einem trüben Fleck. Ich sitze und warte. Ich will nicht fort. Ich weiß nicht wohin. Mein Platz ist hier.

Mutter schiebt den Rollwagen zurück auf den Gang. Sie kennt sich schon gut aus. Sie ist stark jetzt. Wie in doppelter Größe.

Ich möchte bleiben, bis er zum letztenmal ausatmet. Aber er ist zäh. Und er wird alles so lange wie möglich hinausziehen, weil er schadenfroh ist.

Bring keine Bücher mehr, bittet Mutter, als sie mich zum Auto begleitet.

Ich habe jetzt wieder Deine Briefe gelesen, schreibt Birer, liebes Mädchen, sämtliche Briefe aus der vergangenen Zeit, und ich habe mich wieder sehr an ihnen erfreut und erlabt, so sehr, daß ich es Dir schreiben muß. Was ich also nun tue. Das Labsal, das mir Deine Briefe bereiteten, immer, war ein völlig eigenes und unvergleichliches. Es ließ sich nicht einmal mit dem Labsal Deiner Person vergleichen, und ich habe noch immer nicht herausgefunden, woran das lag. Vielleicht, weil Du Dich in deinen Briefen artikulieren mußtest, was Dir im mündlichen Gespräch durch Tonfälle, Pausen und Augenaufschläge erspart blieb. Selbst wenn Du in einem Brief gelegentlich sagtest, daß Du nicht wüßtest, wie etwas zu sagen wäre, so war es doch gesagt, stand es da, und es ließ sich nicht leugnen. Es könnte auch gewesen sein, weil mich ein Brief nicht zu einer sofortigen Reaktion nötigte, weil ich ihn in Ruhe genießen konnte. Wann wäre mir das mit Deiner Person vergönnt gewesen, he? Oder weil die Briefe ein absehbares Ende hatten, von dem ich im voraus wußte und ich mir also keine selbstzerfleischerischen Gedanken machen mußte, daß ich Dich wecken und in die kalte Winternacht hinausschicken mußte, auch wenn es gar nicht mehr Winter war. Das alles könnte es gewesen sein. Und es blieb von einem Brief noch ein Rest von ungeklärtem Zauber, eine Mischung von Fröhlichkeit und Rührung, ganz anders als die, die mich mit Deinem Körper und an Deinem Schlaf überkam. Wenn es Dir gutgeht, weil Du mich betrügst, dann betrüge mich, schreibt er, nur verraten darfst Du mich nie, hörst Du? Verraten.

Vater lag mit geschlossenen Augen. Es war so still im Zimmer, daß ich Birers Brief aus der Handtasche zog und ihn leise las, für Mutter, und als ich fertig war, sagte Vater:

Schön.

Du hast mitgehört, fragte ich.

Ja, sagte er.

Aber ich habe doch sehr leise gelesen.

Ich habe es trotzdem gehört, sagte er, ich höre alles.

Birers Briefe wieder durchgeblättert, alle, seine Geschichte mit mir, und ich schälte mich beim Lesen aus den Kleidern, zog an den Strümpfen so lange, bis ich sie mir in Fetzen von den Beinen reißen konnte.

Ich habe ja nichts gegen meinen Vater, außer daß er mein Vater ist.

Ich bade, schminke mich, drehe mein Haar zu einem Knoten, bügle das weiße Spitzenkleid und ziehe es vor dem Spiegel an. Es paßt zu einem Mädchen, das ich nicht mehr bin.

Wie eine kleine Geliebte, sagt er, wie eine heimliche Geliebte!

Vielleicht weiß er gar nicht, welche Tochter an sein Bett gekommen ist. In der Flasche über seinem Kopf ist nichts Gelbes mehr. Es wird jetzt von außen mitgeholfen, ihn zu ermorden. Mutter fertigt die Besucher an der Tür ab. Im Flüsterton bedankt sie sich für den Wein, der gebracht wird.

Wenn jemand da ist, den man gern hat, sagt Vater leise, das gibt einem eine innere Freude, die man gar nicht ausdrücken kann.

Meinst du mich?

Ja, dich, sagt er.

Ich möchte ihm glauben können.

Zwei Monde. Ein großer, ein kleiner. Mutter und ich stehen in einem Turmzimmer. Der Himmel ist dunkelblau. Nur ich kann den zweiten Mond sehen. Am kommenden Freitag wird Vater gekreuzigt, sagt Mutter.

Mein Bett, ein Abgrund, aus dem ich morgens schwer herausfinde. Eine Frau steht in der Tür. Ich weiß, ich bin noch nicht erwacht. Das Telefon läutet. Heb ab, sagt die Frau, die Leute wollen wissen, ob du dich umgebracht hast. Ich wünsche mir einen anderen Traum. Birer schwingt sich auf Krücken in mein Schlafzimmer. Sein rechtes Bein ist amputiert. Auf dem Rücken trägt er einen Korb. Setz dich hinein, sagt er, wir werden erwartet.

Angst, auf der Straße einen falschen Schritt zu tun. Halt mich fest, bitte ich Birer, als wir über den Zebrastreifen gehen. Ein falsches Wort sagen, eins, das nicht in den Zusammenhang paßt. Ich höre mir beim Sprechen zu, werde immer langsamer, weil ich vorsichtig sein muß. Ich habe Birer angerufen, weil ich dachte, er würde mir beistehen jetzt. Aber er mag über meinen Vater nicht sprechen. Er denkt nicht gern an Krankheit und Tod.

Es ist alles so endgültig beschlossen und so hoffnungslos. Kindermörder. Falsch. Kindermöbel, steht da. Hinrichtung, lese ich. Einrichtung heißt das, natürlich. Alles wird sich zum Guten wenden, sagt er. Ich hasse ihn für die Leichtigkeit, mit der er das behauptet.

Birers Spott: Du siehst dich gern tragisch umwittert, aber du bist eine komische Person.

Den Verwesungsgeruch atme ich ein, der durch Vaters Mund aus den Eingeweiden kommt. Mit den Eltern in einem Zimmer sein dürfen, ohne daß Vater Mutter beleidigt, das ist wie eine warme Decke im Rücken.

Ich halte seine Hand, lege mir seine Finger zurecht, die gute Vaterhand, Finger um Finger, damit ich mein Gesicht hineinschmiegen kann, so nah und so lange wie im ganzen Leben niemals. Ich vergewaltige ihn zu Zärtlichkeit. Und halte den Stuhl am Bett besetzt, immer fürchtend, daß Mutter mich davonjagen wird. Aber sie läßt mich bleiben und sagt auch nichts dagegen, daß ich Vaters Gesicht abtaste, um zu wissen, wie es sich anfühlt. Seine Haut ist Menschenhaut. Ich zeichne die Brauen nach, die Wangen, die kleine

Narbe auf seiner Oberlippe. Ich frage Mutter, woher diese Narbe stammt. Aus der Kindheit, sagt sie, da hat ihm ein Bub mit einer Gummischleuder einen Kieselstein auf die Lippe geschossen.

Sein Körper ist so heiß, daß die mit kaltem Wasser getränkten Servietten, die Mutter um die angeschwollenen Hände wickelt, sofort warm werden.

Mehrere Male am Tag kommen die Ärzte, fühlen seinen Puls, gehen wieder hinaus.

Die Krankenschwestern hängen immer wieder eine frische Flasche mit farbloser Flüssigkeit über seinen Kopf. Sie stecken das Schlauchende in das Stück Gummi, das mit Leukoplast an Vaters Hals befestigt ist und in die Vene führt. Das Gift muß regelmäßig ins Blut träufeln.

Die ausgetrocknete Zunge klebt auf der Unterlippe, die wir immer wieder mit Glyzerin befeuchten.

Wenn er hustet, ziehen wir ihn an

den Schultern in die Höhe. Mutter reibt seinen Rücken, und Vaters Gesicht wird dunkelrot, wenn es vornüber hängt. Alle Falten des Mißmuts kehren zurück. Er haßt uns. Aber wenn wir ihn zurücklegen, wird das Gesicht wieder glatt. Mager, zugespitzt und rot liegt es auf dem Kissen. Komisch schaut er aus mit der Serviette auf der Stirn. Die roten, geschwollenen Hände ragen aus dem Hemd, das er jetzt angezogen bekommt. Ein holzgeschnitzter Vater im Leinensack. Pinocchio, der Übermütige, hat nun seine Strafe.

Wir können ihn doch nicht umbringen, sagt die Krankenschwester, als ich sie bitte, ihn nicht leiden zu lassen.

Nachts ist sein Husten wie ein Rufen aus der Verbannung.

Im weißen Kleid stehe ich wieder in der Tür. Es ist gelblich geworden über Nacht. Weiße Kleider soll man nur einen Tag lang tragen.

Vater springt ins Wasser, um Mutter

zu erschrecken. Die Quallen, die Hitze. Vaters Herz, daß es zu schlagen aufhören könnte, fürchtet Mutter. Von der Hitze ins kalte Wasser. Daß die Quallen Vater umschlingen und in die Tiefe reißen könnten, fürchtet sie. Wenn er auftaucht, lacht er, klettert ins Boot, macht Witze über Mutters Ängstlichkeit und köpfelt wieder ins Meer, sobald er trocken ist. Ich habe keine Angst. Er ist ja mein Vater. Ihm kann ja nichts geschehen.

Er atmet noch immer. Hin und her sägt das Geräusch. Störrisches Fahrzeug, das nicht stehenbleiben will. Er hat doch die Freikarte zum Hinübergehen. Da liegt diese sonderbare Figur, hingemäht, und sägt und sägt.

Mutter erzählt mir, was sie mir schon gestern erzählt hat. Du brauchst Erholung, sage ich und locke sie aus dem Zimmer, du mußt nach Hause gehen, ein paar Stunden schlafen. Ich begleite die zukünftige Witwe in ihr

Schlafzimmer. Ich bin Max und Moritz. Jetzt habe ich ihre Hühner geschlachtet. Gleich werde ich sie essen.

Aber als ich die letzten Stufen hinaufsteige, steht die Tür offen. Schlamperei, wie sie mit ihm umgehen, wenn seine Angehörigen nicht da sind.

Die rothaarige Krankenschwester, die ihm immer freche Antworten gegeben hat, wie einem Kind, das zuviel fragte, ruft mir vom anderen Ende des Gangs etwas zu. Sie kommt ihrem Ruf nachgeschlendert, das Kistchen mit den Medikamenten vor dem Bauch. Hallo, hallo, hat sie gerufen. Jetzt sagt sie mir eine Uhrzeit.

Hat sein Sägen eingestellt. Hinübergegangen, ohne jemanden zu brauchen. Hat natürlich nicht nach mir verlangt. Hat sich einfach davongemacht, dieser Vater.

Der Leinensack ist verrutscht, als hätte ihn jemand aufgehoben und achtlos wieder hingeworfen. Der Mund steht offen. Ein violettes Loch. Die Zähne, die ich betrachtet habe, heimlich und schnell, wenn er lachte. Seine Charme-Lücke. Vater hatte eine Ritze zwischen den oberen Zähnen links. Man sah sie, wenn er lachte. Das ist sein Charme, hat Mutter einmal gesagt.

Es ist wie ein großes Erstauntsein hinter den geschlossenen Augen. Vielleicht fühlt er sich überrumpelt.

Ich nehme die Bettdecke weg. Mein Mund wandert von Vaters Gesicht abwärts. Die Brust ist noch warm. Sie haben ihn vom Kreuz genommen. Daß er so zarte Schultern hatte. Der Rumpf so knabenhaft. Ich weiß nicht, ob es recht ist, ihn jetzt zu küssen. Ich muß lachen unter Tränen. Vorbei, vorbei, es ist vollbracht. Der Vater muß nun nichts mehr fühlen, ich werde nun nicht mehr auf ihn warten. Seine schon kaltgewordene Hand nehmen, sie schütteln. Du hast es geschafft. Gut. Gratuliere. Du hast deine Sache gemacht. Gut oder schlecht, wem steht es zu, darüber zu urteilen? Ich bin dir gut, weil du tot bist. So gut. Du bist gekommen, hast deine Sache gemacht und bist gegangen. Leb wohl, Pinocchio, sei gut tot.

Jeder, der da kommt und seine Sache macht, ist so einsam, Vater.

Ich räume sein Zeug aus dem Schrank, stopfe es in die Plastiksäcke, in denen ich die Bücher gebracht habe, räume alles ins Auto und fahre nach Hause, tränenverschmiert, dankbar, danke, Vater, daß du gestorben bist, sage ich laut, während ich lenke, danke, Vater. Danke, danke.

Erstaunen ist in seinem Gesicht gewesen, aber keine Versöhnung. Der Blick der geschlossenen Augen war auf etwas gerichtet, das weit weg war und nichts mit mir zu tun hatte. Er ist nicht betäubt gewesen, nur gelähmt war er, eingesperrt in einen bewegungsunfähigen Körper. Hinter seiner Stirn hat es getobt. Und jetzt mußte er es dulden, daß die Krankenschwestern kamen, um ihn auszuziehen und zu waschen. Daß sie zwei Kerzen anzündeten auf dem Nachttisch, auf dem die Zeitung und die Brille gelegen sind. Mit gewöhnlichen Streichhölzern zünden sie die Kerzen an. Ich wollte das nicht sehen, wie sie das machten, weil die Schwestern darin Übung haben, und sie machen es mit meinem Toten nicht anders als mit anderen.

Über seine Witze haben die Krankenschwestern gelacht, heuchlerisch mitgelacht, und gewußt, daß sie ihn am Ende ja doch ausziehen, waschen und in den Keller rollen würden, der die ganze Zeit da war, ein paar Stockwerke tiefer, der schon wartete, als Vater noch zu Fuß die beiden Stockwerke hinaufging und das Zimmer besichtigte, wie man sich in einem Hotel umschaut, ob alles in Ordnung ist. Er hat selbst seinen Koffer ausgepackt.

In der Geldtasche, die ich aus der Nachttischlade genommen habe, sind achtundfünfzig Schilling und ein Zweimarkstück. Ein Papiertaschentuch, in das eine Schlaftablette gewickelt ist. Der Autoschlüssel und ein Foto von Bernhard.

Lautes Weinen daheim, als ich den Schlafrock, den Pyjama und die Hausschuhe bringe. Die Schwestern sitzen rund um Mutter. Nur der Hund freut sich über meine Ankunft. Das blöde Vieh, sagte Vater, wird uns noch alle überleben! Unser altersschwacher Hund, der ohnmächtig wird, wenn er zu abrupt aufspringt, liegt auf seiner Decke und klopft mit dem Schwanz.

Wir brechen in Vaters Kleiderschrank ein. Den Anzug heraussuchen, den er am liebsten getragen hat. Welcher war es? Mutter weiß es.

Wie ordentlich hier die Hosen und Sakkos hängen. Das englische Hemd, sagt Mutter, das hat er gern gehabt. Nicht das weiße, das kratzt ihn so am Hals. Zieht mir nicht die schwarzen

Schuhe an, hat er Mutter im Krankenhaus gebeten, gebt mir die braunen, die schwarzen drücken mich.

Wir heften sein Fliegerklubabzeichen auf die Sportjacke. Der Ehering, den müssen wir ihm jetzt anstecken. Den hat er nicht mehr, sagt Mutter.

Freunde kommen, um uns die Hände zu drücken. Es sieht aus, als wäre das von Anfang an bestimmt gewesen, daß sie alle Vater überleben sollten, um uns jetzt Ratschläge zu geben.

Alles aufschreiben, was ihr an Ausgaben habt, alles für die Steuer aufschreiben, überall Quittungen verlangen, das könnt ihr alles absetzen als Trauerausgabe, ihr müßt jedes Paar Handschuhe und jedes Paar Strümpfe quittieren lassen.

Die Verwandten, die vier Tage später im Haus herumstehen, haben vielleicht mehr verloren als wir. Sie fotografieren einander, einige sind von weither gekommen. Eine Tante riecht nach Schnaps. Die, die gleich gefragt hat, ob ein Testament da ist. Diese

Tante ist vielleicht schuld daran, daß Vater unsere Küsse abwies, weil er wußte, daß diese eine Tante sich als Kind auf den Schoß ihres Vaters setzte, um ihm unter Liebkosungen die Geldtasche herauszuziehen.

Großvater gab mir immer eine Münze, wenn ich ihn umarmte.

Was willst du von mir, fragte Vater, wenn ich nur seine Hand wollte.

Er war als Student sehr blaß, sagt eine Tante zu einem Großonkel, und er hatte einen auffallend roten Mund. Er war unnahbar.

Jetzt haben wir ihn nicht mehr, sagt Großmutter, als sie aus ihrem Zimmer kommt, um die Verwandten zu begrüßen. Sie läßt sich von niemandem umarmen. Schmusen und die übrigen Schweinereien konnte sie niemals leiden. Ein Onkel macht eine Aufnahme von Großmutter. Er lebt jetzt in Pension, hat viel Zeit für Reisen, und von allen Reisen bringt er Fotografien mit.

Ich habe keine Meinung zu dem, was jetzt geschieht.

Wäre es anders gewesen zwischen Vater und mir, dann würde ich die Neugierigen, die von ihren Fenstern auf uns herunterschauen, verjagen. Aber ich gehöre selbst zu den Neugierigen.

Bernhard zeigt den Verwandten den Weg zur Kirche. Er ist fein herausgeputzt für seinen Opa, im Matrosenanzug mit Goldknöpfen. Ihn hat Vater jeden Morgen in sein Bett geholt, er durfte mit Vater baden, von seinem Teller essen. Vater lehrte ihn seine Schuhbänder richtig einfädeln.

Ich greife nach Bernhards Hand, um mir ein wenig von Vaters Wärme zu holen.

In Dankbarkeit, sagt der Pfarrer, gedenken wir des beliebten Arztes. Beliebt. Fällt ihm kein treffenderes Wort ein? Beliebt, das ist doch zuwenig gesagt über einen, der im Schneesturm mit seinem Motorrad stürzte und sich mit gebrochenem Oberschenkel ins Haus der Frau zog, zu der man ihn gerufen hatte, um dort auf dem Fußboden liegend eine Zangengeburt durchzuführen.

Ich sehe noch, wie ein fremder Mann ihn nach Hause bringt, ein starker Mann, der meinen Vater wie ein hilfloses Kind auf den Armen trägt.

Wegprügeln möchte ich den Pfarrer, der von Vater erzählt, was Mutter ihm erzählt hat, weil er selbst Vater gar nicht gekannt hat. Er hat auf eigenen Wunsch die Krankenölung empfangen, behauptet der Pfarrer. Ein Priester kam einfach ins Zimmer, hat Mutter mir erzählt. Diese gefaßte Haltung drückte die Hoffnung aus, daß dem Tod kein Endsieg beschieden sein möge, sagt der Pfarrer. Endsieg. Die Engländer rissen meinem Vater die Abzeichen von der Hauptmannsuniform und zeigten ihm Fotos von Vernichtungslagern. Ich habe mich in eine Ecke gestellt, sagte

Vater, weil ich mich so entsetzlich geniert habe, so entsetzlich geniert!

Bernhard wetzt auf der Kirchenbank. Er hat sich etwas anderes vorgestellt. Er möchte seinem Opa endlich den Matrosenanzug und die neuen Schuhe zeigen. Der Opa soll die Schuhe vorne befühlen, ob genügend Platz ist für die Zehen. Man muß die Zehen bewegen können, hat der Opa immer gesagt.

Als ihn das Leiden traf, behauptet der Pfarrer, klagte er nicht. Ich glaube an die Auferstehung, sagt er. Ich auch. Ich möchte meinen Vater auferstehen lassen für Bernhard, der neben mir immer ungeduldiger zappelt und mit den Schuhen wippt.

Nimm auf, o Herr, die Seele deines Dieners, hat der frühere Pfarrer bei Großvaters Beerdigung gerufen. War der ein Diener, der jeden Abend betrunken heimkam, der Koloß, den sein schmächtiger Sohn die Stiegen hinaufschob in den zweiten Stock unseres

Hauses, wo ich hinter einer heimlich geöffneten Tür lauschte und das Fluchen des Großvaters hörte, das Keuchen meines kleinen Vaters, und die Tür leise zuzog, weil ich wußte, es war nicht erlaubt, das mitanzusehen, wie mein schmächtiger Vater seinen großen Vater schieben mußte?

Kränze, Rosen, blauer Himmel. Der Sarg ist aus hellem Holz. Vaters Fliegerfreunde ziehen Kreise über dem Friedhof. Ein Trompeter bläst den Midnightblues.

Behutsam werfe ich meine Rosen in die offene Grube, aber sie rutschen vom Holz.

Vielleicht wären wir besser miteinander ausgekommen, wenn wir einander gesiezt hätten.

Auf dem Dachboden des Elternhauses bedrohe ich Vater mit Küchenmessern. Mutter ist auch da. Ich zerbreche die Bügel ihrer Brille, weil die Brille schlecht sitzt. Und kneife sie mit beiden Händen in die Wangen, um ihr weh zu tun. Und träume, daß ich mit Vater telefoniere. Was ist denn die Gefahr, will er wissen. Weil er gelesen hat, was ich ihm auf einem Zettel hinterlassen habe.

Heute nacht war seine Haut ganz braun. Er lag unter einer Decke. Ich mußte mich tief zu ihm hinunterbükken. Er sagte etwas von Kranksein und Sterbenmüssen. Ich war gezwungen, bei ihm zu bleiben, weil er niemanden hatte, nur mich. Daß er lebte, war der Beweis dafür, daß ich ihm gehörte. Dunkel, wie gegerbt war seine Haut. Ich dachte, wie häßlich er sei und wie häßlich, daß ich mich zu ihm hinunterbücken mußte.

Er ist tot, aber ich kämpfe gegen ihn, noch immer. Er hat viele Stimmen, viele Arme und Beine, ist unsichtbar und kann mir jederzeit und überall auflauern.

Ich träume, daß die Erde weggeschaufelt und der Sarg aufgeklappt worden ist. Da liegt er und friert und kann noch immer nicht sterben. Ich fürchte ihn, weil er kalt ist.

Ich spüre, es wäre meine Pflicht, mich zu dir zu legen und dich zu wärmen. Aber würde ich es dir denn diesmal recht machen? Bald wäre es dir zu eng, bald zu kühl. Vater, wir liegen so schlecht miteinander.